物色

扬之水 著

金瓶梅读「物」记

增订本

中华书局

图书在版编目(CIP)数据

物色:金瓶梅读"物"记/扬之水著. —增订本. —北京:中华书局,
2025. 6. —ISBN 978-7-101-17015-3

Ⅰ. I207. 419

中国国家版本馆 CIP 数据核字第 2025P7Z580 号

书　　名	物色:金瓶梅读"物"记(增订本)	
著　　者	扬之水	
责任编辑	李世文	
封面设计	王铭基	
责任印制	陈丽娜	
出版发行	中华书局	
	(北京市丰台区太平桥西里 38 号　100073)	
	http://www.zhbc.com.cn	
	E-mail:zhbc@zhbc.com.cn	
印　　刷	天津裕同印刷有限公司	
版　　次	2025 年 6 月第 1 版	
	2025 年 6 月第 1 次印刷	
规　　格	开本/889×1194 毫米　1/32	
	印张 8¾　插页 2　字数 180 千字	
印　　数	1-4000 册	
国际书号	ISBN 978-7-101-17015-3	
定　　价	88.00 元	

目次

1　序／江东

1　小引

3　金井玉栏杆圈儿
　　网巾和网巾圈儿—金玲珑簪儿—金头莲瓣簪子

19　珠子箍儿
　　梳背儿—面前一个仙子儿—金镶假青石头坠子—
　　紫销金箍儿—橘子眼方胜儿—溜金蜂赶菊钮扣儿

39　金丝鬏髻重九两
　　金厢鸦青帽顶子—头发壳子—银丝鬏髻—
　　金梁冠儿—九凤甸儿

57　金玲珑草虫儿头面
　　金厢玉观音满池娇分心—一点油金簪儿—金鱼撇杖儿

75　二珠环子和金灯笼坠子
　　一窝子杭州攒—翠云子网儿—云髻珠子缨络儿—金丁香儿

91 胸前摇响玉玲珑
    双栏子汗巾儿—三事挑牙儿—金穿心盒儿

113 鞋尖儿上扣绣鹦鹉摘桃

125 螺甸厂厅床
    南京描金彩漆拔步床—黑漆欢门描金床

139 单单儿怎好拿去
    拜帖匣儿—螺甸大果盒—戗金方盒—小描金盒儿

159 酒事
    银素—银执壶—团靶钩头鸡脖壶—银镶锺儿—
    银高脚葵花锺—大金桃杯—金台盘一副—小金把锺儿—
    银台盘—杏叶茶匙

199 附一：西门庆的书房

215 附二：明赵谅墓出土漆棺画丛考
    ——与李瓶儿出殡对读

249 后记

253 增订版后记

261 图片来源总览

序 / 江东

　　说"物"，离不开人情世故。在中国人的生活中，人情永远是主旋律，而"物"是乐队中的主角，它是乐器，没有它，主旋律没法演。礼尚往来，不是空往空来，"物"是往来的媒介。这也许是一大堆废话，但是牵扯到小说《金瓶梅》，就绝对是正正经经的大实话。在小说史上，《金瓶梅》叙写人情世故开出一片新天地，这等于也是说它把"物"写出了新花样。与他书不同，《金瓶梅》事事不离"物"，事事也不离人情世故。《金瓶梅》是人随"物"走，境由"物"生。偏偏是这样明摆着的存在，可我们仍然会把这部繁密深邃的书，用最简化的方式看走了样。比如拿它当闲书看，当淫书看，当史书看，当经济读物看，这也都不要紧，也许各有各的益，但终究不是正途。即使做小说研究，一旦用不相干的种种理论套它，也还是走了样。再说《金瓶梅》小说中有那么多的"物"出现，比如各色金银首饰，还有其他各种生活用具，当然我们是看到的，但若看不到"物"所呈现的信息，那么等于还是没看到。看到与发现是两回事。看看，通常是不用心的扫描，发现是心智的升华。来看张爱玲怎么说的："就因为对一切都怀疑，中国文学里弥漫着大的悲哀。只有在物质的细节上，它得到欢悦——因此《金瓶梅》、《红楼梦》仔仔细细开出整桌的菜单，毫无倦意，不为什么，就因为喜欢——细节往往是和美畅快，引人入胜的，而主题永远悲观。"这是张爱玲的发现。

以上权作铺垫，为的是让真正的主角——《物色：金瓶梅读"物"记》登场。

书名以"物色"起头，让人眼前一亮，细细琢磨，觉得是一个好有创意的颠覆。对《金瓶梅》文学世界与器物世界的发现，一开始就从书名起航，让《金瓶梅》由人物的情色转移到物色之上，使得戴上几百年淫书恶名的《金瓶梅》一下子会减轻不少压力，变得中性些。更重要的是，用看物色的眼光，可能会改变原来看走样的旧习。

"物"在《金瓶梅》中，多半停留在生活的功效层面，但是由"色"入"物"，它的功效就进入审美层面。常听水墨画家说，让墨中见色，画才有精神，可见色是个提神的好东西。在《金瓶梅》这部大书中，性爱的直观描写，应该是情色表现的一个低端配件，床笫之事的情色，需要市井味的点染，但它毕竟是端上宴席的一碟小菜。真正意义上的情色叙事，会放在"物事"的捏拿、运筹、算计之中。"情色"二字上面堆积了太多的涵义，除了感官刺激外，还有欲望、金钱、权力、梦想，甚至还有那个说不清道不明的佛教色空观。情色在小说中无处不在，可是一般读者感知体会情色的内涵又难探得究竟。以物色看待情色，以物色串联情色，便不再难以捉摸，而是使情色的真相处处可见，这是本书的过人之处。

就我以往读《金瓶梅》的经验而言，这本大书实在是繁密细碎，不像读情节跌宕起伏的那类小说来得痛快。但若按快读粗读法，又会尽失这本大书无穷的妙处。且不说别的，欧洲小说史上是把福楼拜作为现代小说的奠基者，若把《金瓶梅》与福楼拜的《包法利夫人》比较，会发现二者在叙事方式上具有惊人的相似，它们都把作者的个人态度与倾向性隐藏起来，叙事克制，降低甚至删除感伤与抒情的成分，越客观越好。诞生于十六世纪的《金瓶梅》，具有这种超前的"现代感"，实在令人惊叹。《金瓶梅》看似好读，慢慢沉下去读，又觉得好难读。意思的碎片化，故事的碎片化，而且没有多馀的想象空间，这是它叙事上的一个特质。其实这也正是作者的意图：我无需强化什么，引导什么，只是呈现，不作解释。扬之水的《读"物"记》，正好是接通《金瓶梅》这种叙事文本的最佳选择。

《读"物"记》一如作者以往的考证性质的著述，一器一物，皆立说有据。但是本书与以往名物研究的最大不同，在于书中的考证既以《金瓶梅》文本为依托，又不受考证的束缚，匠心独运，拿出新的解读方式，让考证切贴小说的筋脉游走。所触之处，人物的细微情态一一激活，既照顾了名物研究的落实，又凭借考证的功力把器物的每一个细节点精准捕捉到位，然后探究寻找各个细节点的隐秘联系，从人们忽略的那些缝隙之中，获取有价值的种种信息。

扬之水深悟，"物"之细节就像毛细血管，是给小说的肌体提供循环的血液，小说的生命就是靠此存活。尤其是《金瓶梅》，细节的繁密似网状一般，使人称奇。扬之水的眼光，不同于古典小说研究者或小说评论家，如对小中之小的细节，对小中之小的物件，有异乎寻常的热情与专注，而且经过她的处理，所举之事，推敲之物，无不凸现活勃勃的生机。这里关键在于，她把对《金瓶梅》情色的认知转换到对物色的认知，一字之差的变动，却把解读的境界提升了一大截。她把情色缩小到物色上来观察，以小见大，别有洞天。

像这样以物色串联情色的事例，书中随处可见，把同样的一器一物放在不同的小说情境中比较，许多在人性、人情上面的遮盖物就被揭开，露出真实的面目来。解读这样的"细节密码"，总有意外之获。比如书中的《金丝䯼髻重九两》一篇，解读《金瓶梅词话》第二十回中李瓶儿拿出的这一件物事，就是从始至终物色与人情交织的一个典型例子。这一节不仅以"物"见人，而且与后来人物的命运相连，线索远不止一条两条。第一见出瓶儿的财，兼及她过门后为人行事的变化。第二见出西门家此际尚止小康。第三见出几种后来不断出现的首饰样式。第四见出金莲的性情，即西门庆说她的凡事掐尖儿。对价格的了解，因为她曾是卖炊饼的武大郎的娘子，来自市井，而且是市井之下层，所以毫不足怪。此外，她在随后场景中把自己和西门庆的这一番对话不失时机对瓶儿当众点出来，也是暗示自己在西门庆那儿的地位。第五，就是这一篇里的最后一句话，九凤钿上聚了"金""瓶""梅"三个人的影子。再来看书中提到的物事"穿心盒"，把它拿来与西门庆命运并举，还有潘金莲怕偷情暴露，忙用穿珠子箍儿的手艺活遮掩，此时的"穿珠子箍儿"，也被作者作了命运不祥的暗示，这些"细节密码"的呈现，真是见他人之不可见。老托尔斯泰说，"无限小的因素"决定着作品质量的高低，决定着创作的成败，只要是或多一点，或少一点，就可能丧失全部的感染力。无论是《金瓶梅》作者，还是扬之水，他们都深晓最小细节的大用场。

用看物色的眼光，去看《金瓶梅》的故事、人物，功效甚巨，这是作者了不起的一个贡献。

除了精湛的学术专业功底，作者还具备文学家的心灵，更为重要的是具有视觉艺术家的思维与眼光。文字的形象表达，图像运用的说服力，均得助于这种特质。这让我想起了明人袁中郎。他在写给董其昌的信中极力称颂《金瓶梅》"云霞满纸"，他看小说不是

以散文大师的眼光看，而是以画家的眼光观之，真是
通达。

通过物色找到解读《金瓶梅》的入口，同时也经
由视觉的呈现，使《金瓶梅》由平面的纸质转化到立
体的空间，这是本书两大奇妙之处。

书中文字与图像筋骨相连，气脉一体，对于文物
图像的解释总能还原其本色，使得《金瓶梅》的生活
现场、人物情态呼之欲出。那些被作者收集的出土文
物，一一精准对应，就像刚从人物身上取下来，生机
活现。二百幅与文字叙述相呼应的图像，使小说《金
瓶梅》成了一个纸上的缩微博物馆，这对于古典文学
爱好者是一件多么快意的事。

作者谈到："《金瓶梅》里的金银首饰，可以说
是《金瓶梅》研究的小中之小，但它却是我名物研究
的入口……政治史、思想史、经济史，都不是我的兴
趣所在，即便物质文化史的分支服饰史，对我来说还
是太大。我的关注点差不多集中在物质文化史中的最
小单位，即一器一物的发展演变史，而从如此众多的
'小史'中一点一点求精细，用不厌其多的例证慢慢
丰富发展过程中的细节。"可知这本书的写作是一个

还愿。

好多年前，我问扬之水为何屡次提及《金瓶梅》给她的学术方向带来的影响，因为，这只是一本小说，不是正正经经的学术书。面对我的疑虑，她说，《金瓶梅》里我感兴趣的是首饰、服饰，这涉及明人具体的生活状态，研究这里面的一器一物，比空疏地去研究一些大项，可能更适合我。听后顿时释然。

后来人们就看到她一发而不可收的学术成果。这些在学界产生影响的名物研究著作，人们很难想象，其原动力竟与一本古典小说有如此隐秘的联系。这也说明在学术研究中感性经验的作用何其大矣。读扬之水的著述，不会感觉前面有一道玻璃幕墙似的障碍，观点、材料朴素地摆在那儿，加上通达的表达方式，让人一看就舒服亲切。顺便稍带一句，学术研究上出现的所谓"隔"与"不隔"的现象，或多或少总与过于强化知识的累积、理论的架构有关，却把感性的经验踢出了门外。再从文体上看，本书里没有大块文章，承袭了中土笔记文的优良之风。《金瓶梅》中那些不被关注的小问题，一经笔下游走，生趣毕现。过去一听谁说"化腐朽为神奇"就生厌，可是作者的文字实在好，让你信服真有这样的力度。比如，那么几处点染，几笔素描，古器物马上就有了可触摸的质感。这不由使我想到，如果这些出土文物不被作者放在这本书里复活，放在这样精彩绝伦的还原过程之中，那是一件多么遗憾的事情，由此它们的文物价值怕也是要打折扣。

人们总在说，好书难寻，但好书真到了面前，你会发现吗？这我真不敢保证。

小引

　　《金瓶梅》写"物"，而以写"物"来写人，写事，写情，张竹坡的评点对此已是留心，比如他觑得西门庆与潘金莲初遇时手里的一柄洒金川扇儿前前后后数度现身，而使得几条线索若即若离、不即不离，时时掀动颜色，遂赞道"写一小小金扇物事"，"吾不知其用笔之妙，何以草蛇灰线之如此也"。以物色串联情色，是《金瓶梅词话》的独到之处，运用之纯熟，排布之妥帖，中国古典小说中几无他作可及。如果说作者的本意是在"物"与人的周旋中宛转叙事，那么数百年后我们得以借此辨识物色，进而见出明代生活长卷中若干工笔绘制的细节，也算没有辜负《词话》作者设色敷彩的一番苦心。

　　当代《金瓶梅》研究，对小说中物事的妙用自然也不曾放过，只是活跃在书里且为作者控纵自如用来铺设线索、结构故事的一器一物，究竟何器何物，毕竟样态如何，似乎多未经人援引考古发现并以图证的方式揭出，虽然二十七年前上海古籍出版社出版的《金瓶梅鉴赏辞典》中的《陈设器用》之部已经有了很出色的成绩。如是而讨论小说中"物"的妙用，未免仍有些"隔"。书名题作"物色"，此即命意之一。"色"在这里，是着眼于"物"的发明，而它原本出自《文心雕龙》，前贤之成说，自可为之赋予更多的意味。

　　本书所据版本为人民文学出版社一九八五年版《金瓶梅词话》（戴鸿森校点），行文中便多简称为《词话》。

金井玉栏杆圈儿

　　《金瓶梅词话》第二回《西门庆帘下遇金莲　王婆子贪贿说风情》，乃西门庆初登场，其时正是"三月春光明媚时分"，西门庆"头上戴着缨子帽儿，金玲珑簪儿，金井玉栏杆圈儿，长腰身穿绿罗褶儿，脚下细结底陈桥鞋儿，清水布袜儿，腿上勒着两扇玄色挑丝护膝儿，手里摇着洒金川扇儿"。

　　《词话》写物之好，特在于句句是本色语，适如徐文长《题昆仑奴杂剧后》所云"语入要紧处，不可着一毫脂粉，越俗越家常，越警醒，此才是好水碓，不杂一毫糠衣"[1]。这一幅西门庆小像，也是如此。一句"金井玉栏杆圈儿"，似乎略见颜色，其实依然白

[1]《徐渭集》第四册，页 1093，中华书局一九八三年。

描。"金井玉栏杆圈儿"，在此是指金镶玉 [1]，命名方式类似唐人的"玉梁宝钿"（《新唐书》卷二十四《车服志》），即玉为边框，内实宝钿〔图1-1-1〕。"金井玉栏杆圈儿"，则即式样如井圈，便是个玉环儿，内径又贴嵌一道金箍。若单说它的样式，南京江宁将军山明沐启元墓出土一对金里玉环，正是金井玉栏杆的形制〔图1-1-2〕，不过玉环的直径有2.8厘米，自然不是用于束结网巾。或曰这里的金井玉栏杆圈儿是巾环，然而巾环要是头巾才用到。虽然《词话》前文刚刚说道"妇人正手里拿着叉竿放帘子，忽被一阵风将叉竿刮倒，妇人手擎不牢，不端不正却打在那人头巾上"；后面又言："那人一面把手整头巾，一面把腰曲着地还喏道：'不妨，娘子请方便。'"但这两段却都是从《水浒传》里几乎原样拿来。《水浒传》第二十四回，"这妇人正手里拿叉竿不牢，失手滑将倒去，不端不正，却好打在那人头巾上"。"那人一头把手整

---

[1] 这种做法当非始自明代。宋史铸《百菊集谱》卷首《诸菊品目》所举有金盏银台（亦名水仙菊）、金杯玉盘、金井银栏、金井玉栏。而借金玉制品为花色品种命名，原为宋人所习用（观宋代各类花谱，类似之例随手可拈）。金杯玉盘不必论，金盏银台乃两宋金银酒器中的台盏，它用来拟喻单瓣水仙（故又用来转喻菊花），那么也可推知金井玉栏之喻是来自金镶玉之类的饰品。

〔1-1-1〕
玉梁宝钿带带铐之一
陕西长安南里王村唐窦皦墓出土

〔1-1-2〕
金里玉环
南京江宁将军山明沐启元墓出土

头巾，一面把腰曲着地还礼道：'不妨事，娘子请尊便。'"而《词话》作者下心描绘西门庆的一身妆束，则明明说他是戴着缨子帽儿，正如第五十二回，彼时也当季春，陈经济"穿着玄色练绒纱衣，脚下凉鞋净袜，头上缨子瓦楞帽儿，金簪子"[1]。第八回金莲嗔道西门庆久不至，"一手向他头上把帽儿撮下来，望地下只一丢，慌的王婆地下拾起来，见一顶新缨子瓦楞帽儿"。而缨子帽儿是用不到巾环的，何况巾环惯以"环"称，而很少呼作"圈儿"。那么此圈儿，当是网巾圈儿。第三回西门庆道："就是那日在门首叉竿打了我网巾的，倒不知是谁宅上娘子。"正与前文回应得的确：要是偏了帽子才可以碰到网巾。此缨子

---

[1] 相似者又有第九十八回，"那时约五月，天气暑热，经济穿着纱衣服，头戴瓦垅帽，金簪子，脚上凉鞋净袜"。这里的瓦垅帽与前面说到的缨子瓦楞帽子，应是同一物事。

帽儿，似即明陈大声《水仙子·织凉帽》一曲所咏凉帽，曲云"团花六瓣要分撒，朴素单檐宜细法，炎天暑月高抬价。暎琼簪笼绿发，称王孙白葛轻纱"[1]。暎乃映之异写，如此，它该是透亮的[2]，凉帽下暎琼簪，正如同西门庆的缨子帽儿下映现出金玲珑簪儿来。山东邹城明鲁荒王墓出土一顶细竹篾编制的笠子，或是这一类帽儿的早期样式[3]〔图1-2-1〕。

缨子帽儿，绿罗褶儿，洒金川扇儿，或可算得春日里富家子弟的时尚行头。云水道人《蓝桥玉杵记》第十八龁写金万镒路遇李晓云，金出场之际先唱道："春色满园，红杏绿杨鲜，清明祭扫，仕女遍郊原。"然后自报家门："自家金万镒是也。富豪冠世，才智过人，更有两个家僮，十分伶俐，一个唤作金张良，一个唤作金韩信，常随我花街柳巷，倚翠偎红，绿野青郊，斗鸡走狗。"版画插图据此绘出的形象，正可

---

[1] 《陈铎散曲·滑稽馀韵》，页79～80，上海古籍出版社《散曲聚珍》本。

[2] 此与李时珍《本草纲目》中说到的"笠子"大约是同一类物事，制作材料也或相近，该书卷三十八："近代又以牛马尾、棕毛、皂罗漆制以蔽日者，亦名笠子。"

[3] 鲁荒王卒于洪武二十二年。发掘报告曰：此"竹编圆顶笠帽……内外髹黑漆，外裹纱布已朽尽"。山东博物馆等《鲁荒王墓》上册，页71，文物出版社二〇一四年。

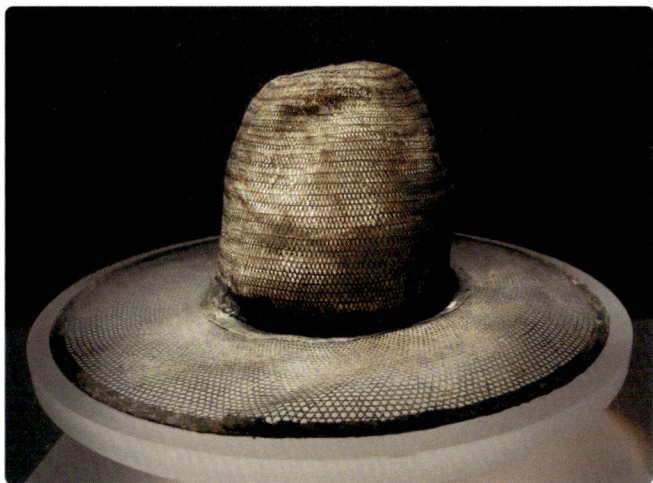

〔1-2-1〕
竹笠
山东邹城明鲁荒王墓出土

与西门庆的出场相映照[1]〔图1-2-2〕。

帽儿下面必要有的网巾，原是明代男子首服中最基本的一项。或云它是洪武初年所倡[2]，不过元代已有诗作咏网巾，又关汉卿《状元堂陈母教子·楔

---

[1] 万历浣月轩刊本，《古本戏曲丛刊初集》影印。此剧《凡例》云："本传逐齣绘像，以便照扮冠服。"不过仍是绘出生活场景以为妆扮之提示。

[2] 明郎瑛《七修类稿》卷十四曰："太祖一日微行，至神乐观，有道士于灯下结网巾，问曰：'此何物也？'对曰：'网巾，用以裹头，则万发俱齐。'明日，有旨召道士，命为道官，取巾十三顶颁于天下，使人无贵贱皆裹之也。"

〔1-2-2〕
《蓝桥玉杵记》插图
中国国家图书馆藏万历刊本

子》"有金元宝留下四个，我要打一副网巾环儿戴"。
河北隆化鸽子洞元代窖藏中一件生丝编制的网巾，即
为实例[1]。它至明代而普遍施用。《词话》第十六回，
"西门庆于是依听李瓶儿之言，慢慢起来，梳头净面，
戴网巾，穿衣服"；第二十四回，西门庆起的迟了，

---

[1] 隆化民族博物馆《洞藏锦绣六百年：河北隆化鸽子洞洞藏元代
　　文物》，图二五，文物出版社二〇一五年。按书中推测它是女
　　性用物，似不然。

"旋梳头，包网巾，整衣出来"，是情景之一般。明代通俗日用类书《正音乡谈杂字大全》"网巾"一项列出几十条词汇，如"乡音"下的"网巾带""网巾边""网巾抽""网巾环"以至于"缚网巾"[1]，等等，由此也可见组成网巾的各事以及它的"缚"法。《三才图会》中的网巾图把网巾带、网巾口边的一对网巾圈儿以及带和圈儿与网巾的系结方式，都画得很清楚〔图1-3〕。以它的式样下边大，上边小，前面高，

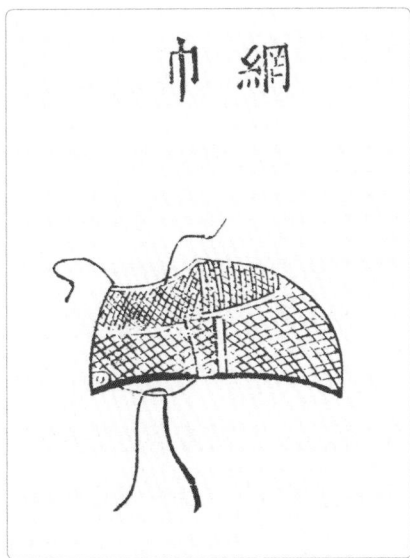

〔1-3〕
《三才图会》
中的网巾图

[1] 此书全名为《新刻增校切用正音乡谈杂字大全》，明末刻本，收入《明代通俗日用类书集刊》第十五辑（中国社会科学院历史研究所文化室编，西南师范大学出版社等影印）。

后面低，因也称作"虎坐网巾"。明陆嘘云《世事通考·衣冠类》"虎坐网巾"条下注云："今人取巧，特结前高后低如虎坐之像，名曰'虎坐网巾'。"网巾口以绢帛沿边，即所谓"网巾边"；网巾边上系带，即"网巾带"；网巾带从一对小环中交相穿过系结于后，这一对小环便称作"网巾圈"。第八回潘金莲对玳安说道，想必西门庆"另续上了一个心甜的姊妹，把我做个网巾圈儿，打靠后了"，即此。长发以玉或金银短簪在头顶挽作发髻，罩了顶上留着孔的网巾，则发髻上露而馀发不乱。这之后，尚须再裹巾或戴帽戴冠，因此网巾平常都是影在巾帽里边的〔图1-4-1〕。世德堂本《裴淑英断发记》第七齣《德武被拿》，插图绘出德武被一条锁链套在颈上，头上没有了巾帽，这时候方露出网巾来〔图1-4-2〕。

网巾的制作多以马尾或线，也有绢布。又有用到头发的，《词话》第十二回，西门庆为着笼络丽春院的李桂姐，因向潘金莲要头顶心的一绺头发，谎称"我要做网巾"，"要你发儿做顶线儿"。顶线儿，当是网巾上端收口用的抽绳儿。网巾圈的材质，或玉，或金，或银和银镀金，明佚名著《如梦录》记开封故事曰，靠近周府东角楼处有结帽匠，俱是工正所人，"周府时常发出破网巾一二十顶洗补，上定金圈及羊

〔1-4-1〕
山西右玉宝宁寺
明代水陆画

〔1-4-2〕
《裴淑英断发记》插图
万历世德堂刊本

脂玉、碧玉、玛瑙、紫金等圈，其宝无比"。周府，即周藩王府。羊脂玉、碧玉及玛瑙之类，一般人家大约很少用到[1]，常见者为金、银或银镀金〔图1-5-1〕。山东淄博周村汇龙湖明代墓地一号墓出土一枚金环，直径 0.8 厘米，出土位置在墓主人耳边，环上且残存一小截织物[2]〔图1-5-2〕，此金环应该就是网巾圈。湖北广济县（今武穴市）明张懋夫妇合葬墓出土一对金网巾圈[3]〔图1-5-3〕，难得在于它是同网巾结合在一起而原样著于主人之首，网巾圈的用法，便正是情歌所谓"日夜成双一线牵""当面分开背后联"（冯梦龙编纂《山歌》卷六《咏物》中的《网巾圈》二首之一）。西门

---

[1] 据定陵发掘报告，出自万历帝棺内头部的一个网巾匣，匣内"缨子顶素网巾"十二件，网巾系用生丝编制，上端穿丝绳，下方收口以绢制的绦带缘边，两端缀丝绳，绦带两头钉宝石或猫眼石一块，宝石或青或红，或圆孔环形，有的还镶嵌在背面有龙纹的金托内，网巾或拴以小绢条，上有墨书三行：四月二十六日进上用缨子顶素网巾一顶。大约原初均系绢条，只是大部残朽了（中国社会科学院考古所等《定陵》，页 202，文物出版社一九九〇年）。今按：报告所云与绦带相连的下有金托内嵌宝石的"圆孔环形"物，当即网巾圈。

[2] 南开大学考古学与博物馆学系《山东淄博周村汇龙湖明代墓地发掘简报》，页 31，图八〇，《中国国家博物馆馆刊》二〇一五年第二期。按简报称作"金耳环"。

[3] 王善才《张懋夫妇合葬墓》，图五二，图版二四：1（此称作"睡帽"），科学出版社二〇〇七年。

〔1-5-1〕
金网巾圈
江苏太仓浮桥浮南大队出土

〔1-5-2〕
金网巾圈
山东淄博周村汇龙湖明代墓地一号墓出土

〔1-5-3〕
网巾与网巾圈
湖北广济县（今武穴市）明张懋夫妇墓出土

庆的"金井玉栏杆圈儿"今虽未见实物，不过由金圈儿的样式和尺寸，推知其式不难。网巾圈儿的质地不同，《词话》便也借此巧做文章。如第十二回曰"谢希大一对镀金网巾圈，秤了秤，只九分半"，是见其寒俭也。饶是分量极轻，它也还可以送到当铺里救救急。第二十八回，小铁棍儿见陈经济手里拿着一副银网巾圈儿，便问："姑父，你拿的甚么？与了我耍子儿罢。"经济道："此是人家当的网巾圈儿，来赎，我寻出来与他。"而正是由此一副网巾圈儿，又步步推出金莲因失落一只红睡鞋引出的一连串事件。

金玲珑簪儿，指镂空制作的细巧簪子，分别出自江苏江阴长泾九房巷明夏彝夫妇墓和无锡明黄应明墓的两枝金簪，都可以算作这一类。前者簪顶一朵菊花，古禄钱为花心，底下是一带回纹连着玲珑古禄钱，下面錾几片蕉叶略见古意，通长 11.8 厘米〔图1-6-1〕。后者是一枝金玲珑螭虎簪，簪首与簪脚的相接处拱起一个小弯，这是男用的式样。螭虎簪顶端原嵌宝石，出土时已失。簪首一对螭虎搅风动水，在雨雾中头尾相抵交缠成团，行将破浪飞去的一瞬带起一线烟水，于是收束为一枝玲珑簪脚，通长 12 厘米〔图1-6-2〕。《词话》第三十四回写应伯爵眼中的书童，也是从头到脚妆束得精细："头带瓦楞帽儿，扎着玄色

〔1-6-1〕
金玲珑花头簪
江阴明夏彝夫妇墓出土

〔1-6-2〕
金玲珑螭虎簪
无锡明黄应明墓出土

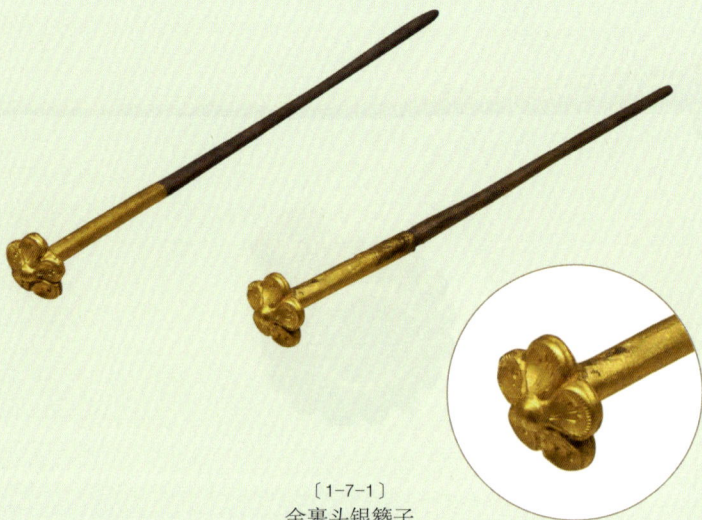

〔1-7-1〕
金裹头银簪子
嘉兴明项氏墓出土

〔1-7-2〕
金头莲瓣簪子
湖北蕲春明荆王府墓出土

段子总角儿，撇着金头莲瓣簪子，身上穿着苏州绢直裰，玉色沙襕儿，凉鞋净袜。"书童虽为仆从，却是西门庆的男宠，这一节要说的是"书童儿因宠揽事"，因此特意借了伯爵的一双眼见出书童的形容自有一番不同。"撇着金头莲瓣簪子"而点明"金头"，那么通常是簪首金、簪脚银，如浙江嘉兴明项氏墓出土一对金裹头银簪子：银簪脚，金簪首顶着一朵梅花〔图1-7-1〕。金头莲瓣簪子，则有湖北蕲春蕲州镇姚垱明荆王府墓出土的一枝，乃通体金制〔图1-7-2〕。关于簪钗式样，西门庆周围的女人《词话》着墨最多，且各个串连着故事，分别隐现于缨子瓦楞帽儿下挽发的金簪子，在西门庆，在陈经济，在书童，都不是闲笔，既以物来写人，更为以后的写事布下草蛇灰线。此回已是分派书童一个主要角色，下一回"书童儿妆旦劝狎客"，便另是一番形容：席间书童被应伯爵斯缠着妆旦，西门庆旋使玳安往后边去，"问上房玉箫要了四根银簪子，一个梳背儿，面前一个仙子儿，一双金镶假青石头坠子，大红对衿绢衫儿，绿重绢裙子，紫销金箍儿"。又"要了些脂粉，在书房里搽抹起来，俨然就是个女子，打扮的甚是娇娜"。衫裙之外，这里说到头上的几样物事，也正是明代女子的首饰之大要。

珠子箍儿

"四根银簪子,一个梳背儿,面前一件仙子儿,一双金镶假青石头坠子,大红对衿绢衫儿,绿重绢裙子,紫销金箍儿",这是《金瓶梅词话》第三十五回写书童为着"妆旦"向玉箫借来的几件物事。

所谓"梳背儿",是指梳脊包金或包银的木梳,这是宋元以来的传统做法。常州万福桥镇澄路出土金梳背儿,弯梁的两个窄边沿边打出两道弦纹,弦纹两端各以花叶为收束,是式样简单的一种〔图2-1-1〕。纹饰讲究者,有出自常州武进前黄的一枚蝶赶花金梳背,弯梁中间打制一溜儿四时花卉:桃花、牡丹、莲花、秋菊、梅花,弯梁两端各一只采花蝶〔图2-1-2〕。也还有材质华贵的一类,如无锡县安镇出土一枚金镶玉嵌宝包背木梳。然而此等富丽者却非玉箫可有,这里未言质地,推想不过银或银镀金之类。

〔2-1-1〕
金梳背儿
常州万福桥镇澄路出土

〔2-1-2〕
蝶赶花金梳背
常州武进前黄出土

"面前一件仙子儿"，说的是簪首装饰仙人儿的挑心。第七十五回如意儿借了西门庆与她有些不伶俐的勾当，因对西门庆说，"迎春姐有件正面戴的仙子儿要与我，他要问爹讨娘家常戴的金赤虎，正月里戴"，那"正面戴的仙子儿"，也是此物。"挑心"之称，列在明人编纂的《世事通考·首饰类》项下，它是插在发髻正面位置的一枝，固定在背板的簪脚插戴时可依己意调节方向，或后伸，或上挑，总是簪戴于当心，在全副插戴中因此特别引人注目。坐佛、观音、摩尼、群仙、花卉，是挑心常用的装饰题材。无锡大墙门出土麻姑献寿金挑心〔图2-2-1〕，常州清潭工地明墓出土银鎏金仙人挑心〔图2-2-2〕，都可以归在群仙一类。出自无锡的金挑心以层叠的大小云朵制为背板，花台捧出的女仙头顶一枝凤，手托菊花盘，盘里满盛鲜桃，翻卷的披帛牵风随云，平直后伸的簪脚接在背板，显示它是插在中心位置的挑心。出自常州的银挑心，底端一个中心结着莲蓬的莲花座，两边涌出祥云，莲花座上的女仙头顶花冠，腰垂打着同心结的带子，手拈一枝弯了几弯的莲花，背后一柄上挑的簪脚。"面前一件仙子儿"，由此两枝可得其概。

耳坠与耳环——《词话》每称耳环为环子，通常是和场面上的盛妆相配——不同，耳坠的脚与坠儿是分制为两个部件然后组装在一起，因此坠儿是可以摇荡的，自显俏丽。吴伟《铁笛图》中一个持笛小鬟戴的便是嵌石头的坠子〔图2-3〕。南京郊区出土的金镶宝珠子耳坠，弯脚下挑出金累丝的花叶盖，花叶抱出一对红石头，下面拴了一颗珠子〔图2-4〕。轻俊，鲜媚，所谓"打扮的甚是娇娜"，也要有这么一对才好。而"生的清俊，面如傅粉，齿白唇红"，"善能歌唱南曲"的书童，必是扎了耳朵眼儿的。

　　"紫销金箍儿"，即头箍，是用作裹额的一道绢帛。"紫"乃箍儿的颜色，"销金"，则是箍儿上的洒金装饰。第四十二回道"王六儿头上戴着时样扭心鬏髻儿，羊皮金箍儿"，也说的是它。"羊皮金箍儿"，是箍儿用了羊皮金沿边。宋应星《天工开物》卷八说到羊皮金的制作："秦中造皮金者，硝扩羊皮使最薄，贴金其上，以便剪裁服饰用，皆煌煌至色存焉。"所云"贴金"，贴的是至轻至薄的金箔，费金极少，却可得煌煌然耀目之效。头箍上面又常常装缀各样珠花，因每称作珠子箍。第七十八回春梅的打扮便是"头上翠花云髻儿，羊皮金沿的珠子箍儿"。朱有燉《新编四时花月赛娇容》杂剧里菊旦唱的一支〔正宫·脱布衫〕，道是"百宝妆璎珞带起，真珠砌头巾款系"，这里的"砌"，指缝缀，那么说的就是用珠子箍裹额。故

〔2-2-1〕
麻姑献寿金挑心
无锡大墙门出土

〔2-2-2〕
银鎏金仙人挑心
常州清潭工地明墓出土

〔2-3〕
吴伟《铁笛图》局部
上海博物馆藏

〔2-4〕
金镶宝珠子耳坠
南京郊区出土

宫藏一幅明人容像亦即"喜容"〔图2-5〕，立在主人一旁的侍女红衫子，绿比甲，巧尖额上勒着珠子箍，头顶挽高髻，环髻插了五七枝金花头簪，耳垂儿挂着金镶石头坠子。"四根银簪子，一个梳背儿，面前一个仙子儿，一双金镶假青石头坠子，大红对衿绢衫儿，绿重绢裙子，紫销金箍儿"，妆扮起来，必是与这画图相差不多，当然还要加添"面前一件仙子儿"。

珠子箍也称头箍，礼书中名之为"珠皂罗额子"。制定于明代前期的《明宫冠服仪仗图》把它分别列在《中宫冠服》及《东宫妃冠服》的"礼服"项下，前者述其式曰"描金龙文，用珠二十一颗"；后者则"描金凤文，用珠二十一颗"[1]〔图2-6〕。不过此物却并不是皇后与东宫妃专属，上至皇室，下至命妇乃至富室女眷，使用的范围其实很广，并且不仅宽窄不一形制多样，饰物也并不仅限于"珠"，而多是金银珠宝相辉映。嘉靖权相严嵩败官后抄家，登录严府浮财的《天水冰山录》中有"珍珠冠头箍等项"，其中列有"珍珠大头箍二十条，珍珠小头箍二十条"，所谓大小，似即宽窄之别。一等的镶玉镶宝，《天水冰山

---

[1]《明宫冠服仪仗图》编辑委员会《明宫冠服仪仗图》（北京市文物局图书资料中心藏稿本），北京燕山出版社二〇一五年。

〔2-5〕
明人容像局部
故宫博物院藏

〔2-6〕
东宫妃冠服·礼服·皂罗额子

录》列有"金厢珠宝头箍七件，连绢共重二十七两九钱八分；金厢珠玉宝石头箍二条，共重一十六两一钱五分"，由分量也可推知它的妆点豪华。珠子箍上面的金饰或用作花蕊，或用作宝石的托座。箍上的珠花常常是三大朵，金宝花便每为点缀其间的各式小件。出自湖北蕲春蕲州镇明都昌王朱载塎夫妇墓十数枚大小不一的金镶宝花叶和一对蝴蝶〔图2-7-1、2〕，每个上面都有数量不等的细孔，应该就是缝缀在珠子箍上面的饰件。定陵出土孝端后的一条珠子箍，上面缀着金累丝镶宝珠折枝西番莲七枚。湖北蕲春蕲州镇九龙咀明墓出土一条珠子箍，珠花大小三朵，金花大小五枚，小金花缀在珠花中心为花蕊，大金花依傍两边为点缀，中间一大朵珠花的下方各一尾浪花中跃起的鲤鱼，与它呼应处的珠花上方则是腾身于祥云中的飞龙，却是鱼化龙故事〔图2-8〕。当然既以"珠"为名，珠花为饰自然最常见，明代容像所绘多是如此，如蔚县博物馆藏明郝杰夫人吴氏容像，又常熟碑刻博物馆藏明隆庆二年刻石《归氏四世像》中的郁孺人，妇人翠云冠的口沿下都是一道珠子箍〔图2-9-1、2〕。江苏武进明王洛家族墓地一号墓出土一条头箍，为王洛妻盛氏之物，头箍上缝缀珠子穿制的五朵大花，珠花周围点缀金镶宝的牡丹、菊花、桃实、瓜果、叠胜，下缘

〔2-7-1〕
珠子箍上的金花饰
湖北蕲春明都昌王朱载塔夫妇墓出土

〔2-7-2〕
珠子箍上的金花饰
湖北蕲春明都昌王朱载塔夫妇墓出土

〔2-8〕
珠子箍
湖北蕲春蕲州镇九龙咀明墓出土

〔2-9-1〕
明郝杰夫人吴氏容像局部
蔚县博物馆藏

〔2-9-2〕
《归氏四世像》中的郁孺人像局部
常熟碑刻博物馆藏

〔2-10〕
珠子箍
常州武进明王洛家族墓地一号墓出土
〔王洛妻盛氏物〕

也缀了一溜珠子，不过多已脱落〔图2-10〕。总之，珠子箍的样式宽窄不拘，上面的装饰五色纷纭，并且它是当日女子的一种平常妆束，而不论仆从与命妇。材质的高下与装饰的繁简则视财力而定，不大有身分的区别。珠子箍可以是盛妆中的陪衬，《词话》第十五回曰李桂姐"家常挽着一窝丝杭州攒，金累丝钗，翠梅花钿儿，珠子箍儿"；而家常打扮中，它又成为醒目的妆点，第七十八回说"月娘从何千户家赴了席来家，已摘了首饰花翠，止戴着髢髻，撇着六根金簪子，勒着珠子箍儿"，即此。因此珠子箍不仅在《词话》描画妇人妆扮的时候屡屡提到，且时或借了它设计关目。第七回，卖翠花儿的薛嫂儿为西门庆说亲，道孟玉楼"手里有一分好钱，南京拔步床也有两张，四季衣服，妆花袍儿，插不下手去，也有四五只箱子。珠子箍儿，胡珠环子，金宝石头面，金镯银钏不消说"。珠子箍儿在这里也是"一分好钱"中的一项。第十一回，"西门庆许了金莲，要往庙上替他买珠子，要穿箍儿戴"，"到日西时分，西门庆庙上来，袖着四两珠子"，"走到前边，窝盘住了金莲，袖中取出今日庙上买的四两珠子，递与他穿箍儿戴"。先说"许了金莲"，后道借此把妇人窝盘住了，可知金莲恃宠讨要，见出是她上心的物事，而此前这珠子箍她是没有的。又何止金莲呢，第二十三回，宋惠莲"昨日和西门庆勾搭上了，越发在人前花哨起来"，"头上治的珠子箍儿，金灯笼坠子黄烘烘的"。"治"，包括了买珠子和穿箍儿，箍儿上的珠花每常要见出各人的手艺。第二十七回，后边小玉来请玉楼，玉楼道："大姐姐叫，有几朵珠花没穿了，我去罢，惹的他怪。"李瓶儿道："咱两个一答儿里去，奴也要看姐姐穿珠花哩。"则穿珠花一事，自有文章可作。第八十三回，西门庆死后潘金莲与陈经济偷情，丫环秋菊告知月娘来金莲房里捉奸，金莲慌忙藏经济在床身子里，"教春梅放小桌儿在床上，拿过珠花来，且穿珠花。不一时，月娘到房中坐下，说：'六姐，你这咱还不见出门，只道你做甚，原来在屋里穿珠花哩。'一面拿在手中观看，夸道：'且是穿得好！正面芝麻花，两边楅子眼方胜儿，周围蜂赶菊。你看，着的珠子一个挨一个儿凑的同心结，且是好看。到明日你也替我穿恁条箍儿戴。'"张竹坡批评《金瓶梅》道"此回方是结果金莲之楔子"，而买珠子和穿箍儿，珠子箍一前一后的呼应恰好照映潘金莲在西门家的始入与将出。却又不仅如此，因月娘本是得了秋菊的情报走来见证虚实，一件珠子箍，在此在彼都是遮掩，但也要有双巧手穿得出如许花样来。这里借了月娘掩饰此来之真意而细审珠子箍的一双眼道出它"且是好看",正是贴合金莲情性的以物见人之笔。《词话》第一回,潘金莲尚未出场,作者交代身世一节就说她"本性机变伶俐,不过十五,就会描鸾刺绣"。这两句却非闲话,以后《词话》中出现的各种时尚纹样,便多从金莲口中道出,并每每引出故事,——此且按下不表。今先看这珠子穿出的"两边橘子眼方胜儿,周围蜂赶菊"。穿缀珠子方胜的头箍,即如前面举出归氏四世像中的郁孺人。橘子眼方胜原是宋金以来广为流行的传统纹样,比如山西稷山马村金代砖雕墓中的仿木作槅扇门:槅心图案颠倒看来总是橘子,放远看,却是方胜里套着橘子,橘子里套着方胜。周围四角或是枝叶捧出的花朵,或是翻卷的草叶〔图2-11-1〕。一枚玲珑卍字青玉牌亦即玉春胜则是明代实例,可见前后相承的轨迹,玉春胜周围四个角填的是折枝牡丹〔图2-11-2〕。"周围蜂赶菊"之"周围",便是那四角。蜂赶菊却也是潘金莲喜欢的纹样,第十四回,李瓶儿来与金莲做生日,金莲打扮了,"从外摇摆将来","上穿了沉香色潞䌷雁衔芦花样对衿袄儿,白绫竖领,妆花眉子,溜金蜂赶菊钮扣儿"。此溜金者,鎏金也,亦即镀金。蜂蝶赶菊或赶花原是传统纹样而特别流行于明代,前面举出的蝶赶花金梳背即是一例。用作钮扣,则必要

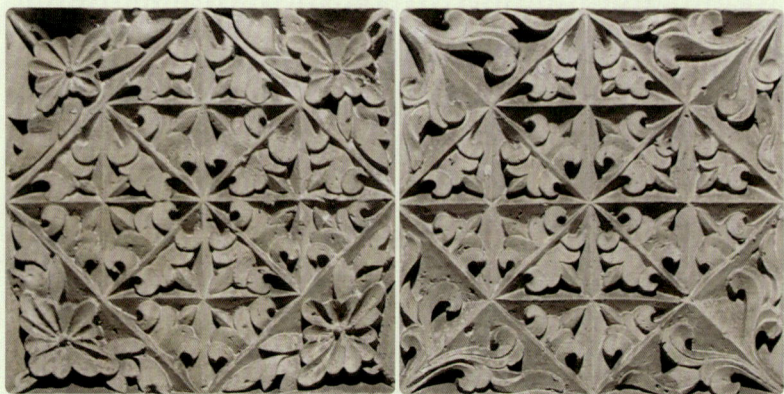

〔2-11-1〕
山西稷山马村
金墓砖雕

〔2-11-2〕
明玲珑卍字青玉牌
(玉春胜)

两只蜜蜂或蝴蝶相对，中间抱个大花朵，如此成就钮
扣的扣和襻，它是后妃、命妇乃至富家娘子袄上几乎
少不得的用物〔图2-12-1~4〕。至于方胜周围亦即四角

〔2-12-1〕
银鎏金蝶赶菊钮扣
北京定陵出土

〔2-12-2〕
金蝶赶菊钮扣
南京中华门外邓府山福清公主墓出土

〔2-12-3〕
金蝶赶菊钮扣
南京太平门外板仓徐钦墓出土

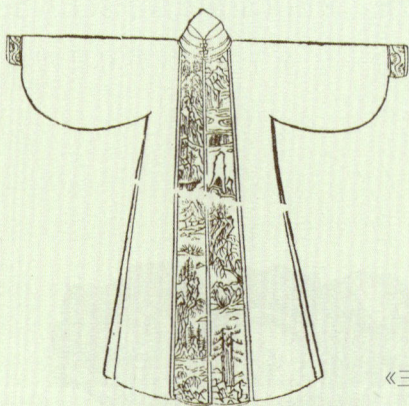

〔2-12-4〕
《三才图会》中的袄子

〔2-13〕
珠子箍
常州武进明王洛家族墓地二号墓出土
（王昶妻徐氏物）

的蜂赶菊，止取它钮襻的部分就好了。如此再来看江
苏武进明王洛家族墓地二号墓出土王昶妻徐氏的一条
珠子箍〔图2-13〕，头箍中间一个珠子方胜，两边是金
镶宝的花朵，花朵之间又有珠子穿的折枝花，大约也
是芝麻花之类，只是珠子剥蚀太甚，不能认得真切。
不过细审中间的珠子方胜，却是由四个菱形格子以借
势的方法叠合而成，《词话》所云"槅子眼方胜儿"，
当与它相去不远。

金丝鬏髻重九两

　　《金瓶梅词话》第二十回，紧接着上一回的"李瓶儿情感西门庆"，次日瓶儿的一番言语和行动，显见得成为西门庆第六房之后，为人行事在此生出一大转变。——洗脸梳妆之后，瓶儿开箱子打点细软首饰衣服与西门庆过目。先拿出一百颗西洋珠子，原是昔日梁中书家带来之物。"又拿出一件金厢鸦青帽顶子，说是过世老公公的，起下来上等子秤，四钱八分重，李瓶儿教西门庆拿与银匠替他做一对坠子"。"又拿出一顶金丝鬏髻，重九两，因问西门庆：'上房他大娘众人，有这鬏髻没有？'西门庆道：'他每银丝鬏髻倒有两三顶，只没编这鬏髻。'妇人道：'我不好带出来的。你替我拿到银匠家毁了，打一件金九凤垫根儿，每个凤嘴衔一挂珠儿，剩下的再替我打一件，照依他大娘，正面戴金厢玉观音满池娇分心。'"

西门庆袖了鬏髻出来，不防角门首撞见潘金莲，被盘问个仔细，于是金莲道："一件九凤甸儿，满破使了三两五六钱金子勾了。大姐姐那件分心，我秤只重一两六钱。把剩下的好歹你替我照依他，也打一件九凤甸儿。"西门庆道："满池娇他要揭实枝梗的。"金莲道："就是揭实枝梗，使了三两金子满篡，绑着鬼，还落他二三两金子，勾打个甸儿了。"西门庆笑骂道："你这小淫妇儿，单管爱小便益儿，随处也掐个尖儿。"

两个波澜不惊的场景，几段白描出来的对话，却是墨分五色，线索设了不止一条：先借四钱八分重一件金厢鸦青顶子，道出瓶儿带来的资财和这一份好财的来历；顺着话题，又设下推进情节的关目，便是九两重的一顶金丝鬏髻；由鬏髻引出垫根儿，复引来金莲出场，道得九凤甸儿和金厢玉观音满池娇分心的制作和样式。以上诸般铺设，在以下的回目里皆一一回应。"物色"中的世味与人情，自不容轻轻放过。

比起孟玉楼的"手里有一分好钱"，李瓶儿要加一个更字。她先曾在蔡太师女婿梁中书家为妾，从梁家逃生出来"带了一百颗西洋大珠，二两重一对鸦青宝石"；嫁了花太监的侄子花子虚之后，先死了花太监，再死了花子虚，家财便尽归瓶儿，当然也就是尽

归了西门大官人。瓶儿手里的细软多有宫中物，也正
与她的这一番经历相吻合。即如拿给西门庆的一件金
厢鸦青帽顶子亦即金镶宝帽顶，便不是寻常可得。周
宪王朱有燉作于宣德六年的《新编天香圃牡丹品》杂
剧，掌管园花教习乐艺的内臣自道，"也是俺一生近
贵，见了些香烟常傍衮龙衣，俺穿一套飞仙海马，系
一条正透山犀，悬一把镔铁打刀儿鹨鹕木，戴一个
缕金厢帽顶鸦忽石，虽不曾入鹓班陪列在府僚中，我
常是近龙床祗候向宫庭内，穿了些轻纱异锦，吃了
些美酒堂食"[1]。朱有燉是朱元璋第五子周定王朱橚
之长子，此剧的表现内容其实就是作者自己的王府
生活，因能写出很标准的一身内臣之服，而特别提
到缕金帽顶上镶嵌的是一颗鸦忽石。鸦忽，或作鸦
鹘、雅姑，都是阿拉伯语及波斯语 yakut 的对音，即
宝石，主要产自东南亚和西亚。甘肃张掖大佛寺出
土一方明正统六年《重修万寿塔碑》，记述"塔基
下原镇宝物"，中有"鸦鹘帽顶等物二件块"[2]。黄省
曾《西洋朝贡典录》卷中《锡兰山国》举出中国以
丝绢、青瓷等往彼贸易，换取的宝石有红雅姑、青

---

[1] 《朱有燉集》，赵晓红整理，页 167，齐鲁书社二〇一四年。

[2] 今展陈于大佛寺，——张掖考察所见。

雅姑、黄雅姑。青雅姑，指蓝宝，明宋诩《宋氏家规部》卷四作青雅琥，道是"如淡竹叶青色，亦有深青者"。镶宝的金银帽顶流行于元代，入明沿用不替，且在舆服制度中作出明确规定，见《明史》卷六十七《舆服三》。湖北钟祥明梁庄王墓随葬品中的金镶宝帽顶有三个是嵌了不同颜色的蓝宝石，几件帽顶造型和做工都很相近：金宝妆莲花为基座，每个花瓣各镶宝石，座顶一朵仰莲，花心为石碗，内嵌一大颗蓝宝[1]〔图3-1-1、2〕。而帽顶的贵要之处，即在顶端淡青如月下白的蓝宝，此中将近两百克拉的无色蓝宝更是贵重无比。梁庄王朱瞻垍是明仁宗第九子，永乐二十二年册封梁王，正统六年卒，生活的时代与郑和下西洋大略同时，随葬的一枚金锭铭曰"永樂十七年四月西洋等處買到八成色金壹錠伍拾兩重"，好似"立此存照"。瓶儿的鸦青宝石《词话》两番提及，这里四钱八分重的一颗得自过世的老公公，第十回"二两重一对鸦青宝石"却是从梁中书家带出来。以梁庄王墓出土两枚金锭铭文标示的伍拾两与实测重量的对比为据，得出平均值：这里的一两相

[1] 湖北省文物考古研究所等《梁庄王墓》，页144～146，文物出版社二〇〇七年。

〔3-1-1〕
金镶无色蓝宝帽顶
湖北钟祥明梁庄王墓出土

〔3-1-2〕
金镶蓝宝帽顶
湖北钟祥明梁庄王墓出土

当于 38.11 克，换算为克拉，是 190.56 克拉，可知
与梁庄王墓出土最大的一颗相差不多，却还是一对，
只是成色如何作者不曾道得。若论它在当时的价值，
这里用得着《型世言》里的一个故事，即第十二回
《宝钗归仕女　奇药起忠臣》，故事说道：余姥姥引领
着王指挥之妻去逛灯市，归来后发现头上不见了一只
金钗。余姥姥道："好歹拿几两银子，老媳妇替你打
一只一样的罢。"王妻道："打便打得来，好金子不过
五七换罢，内中有一粒鸦青、一粒石榴子、一粒酒
黄，四五颗都是夜间起光的好宝石，是他家祖传的，
那里寻来？"后又由王指挥口中说道："这钗是我家
祖传下来的，上边宝石值得银数百。"蔡太师乃炙手
可热的一代权臣，梁中书是其婿，不论在此作者是否
暗示宝石出自宫廷赏赐，瓶儿两番适人所得资财的宫
廷背景总是在叙事中不时涉及，比如第十三回和第十
四回屡屡现身的宫样寿字簪儿，便隐隐逗其端绪。进
一步引申，鸦青石头以及瓶儿之财还影着另一段明代
史实。第十回道瓶儿嫁了花子虚，"太监在广南去，
也带他到广南，住了半年有馀"。作者派给花太监的
是广南镇守，镇守为明代官职，明有广南府，属云南
布政司，治所即今云南广南县。然而花太监这个"广
南镇守"却很可能是虚实相兼。《词话》原是借了北

宋的背景讲明代故事，那么广南当是指北宋所置以广州为治所的广南路。第十六回《西门庆谋财娶妇　应伯爵庆喜追欢》，曰李瓶儿一心思嫁西门庆，要他家院里再盖房子容她过门后住，因道床后茶叶箱内，还藏着各样囤积的货物，"四十斤沉香，二百斤白蜡，两罐子水银，八十斤胡椒椒。你明日都搬出来，替我卖了银子，凑着你盖房子使"[1]。之后西门庆对月娘估价这些"香蜡细货"，道是"也直几百两银子"。胡椒八十斤，比起宸濠事败，籍没钱宁家产，中有"胡椒三千五百担"，实在是个小数，不过读一读田汝康《郑和海外航行与胡椒运销》，便可知这几件物事原非白说说。一方面，嘉靖之前市舶宦官的势力一度十分膨胀，若干市舶宦官竟升任本省镇守，成弘间权势最盛、为祸也烈的市舶太监韦眷，便是个显例。延至嘉靖九年以后，内臣之势方才稍杀。另一方面，胡椒由珍品逐渐变为常物的过程，直到万历年间才完成。但

[1] 胡椒椒之椒，与胡通，此似衍一字。田汝康《郑和海外航行与胡椒运销》中说到，"在一五四六年前很长一个时期，官府所采取的折算办法是，百分之五十的苏木、百分之三十的乌木和百分之二十的胡椒搭配成一百斤作为一个单位，折合粮米二十一石，等于多少银两则按照椒木市场价格来厘定"（载氏著《中国帆船贸易与对外关系史论集》，页213，复旦大学出版社二〇一五年）。

如果这里是代入本朝故事，则当与明代中后期宝石来源转向云南有关[1]。

鬏髻是女子戴在发髻上面的发罩，因又有"发鼓"之名，俗称也作"壳儿"，明佚名著《如梦录》"街市纪"一节列出的物事中有"壳儿"，其下自注云"即妇人所戴小髻，汴中语若'苟'"。鬏髻顶上或编出若干道冠梁，便又称作"冠儿"，《词话》第九十一回孟玉楼改嫁李衙内，是日县中备办各式礼物，中有"一付金丝冠儿"，即是此物。金冠一顶是见出身分的，《词话》第九十五回玳安见过已是守备夫人的春梅，因回月娘说："他住着五间正房，穿着锦裙绣袄，戴着金梁冠儿。"梁冠儿，即顶上起梁的鬏髻，以五梁为常见。杭州桃源岭出土一顶金五梁冠〔图3-2-1〕，长15、宽10.6、高11.5厘米，重236.5克，

---

[1] 仇泰格《明代的宫廷与抹谷的宝石》一文中说到，"下西洋停止后，外国断断续续朝贡所能提供的宝石，似乎又不够用，到了明英宗时，司礼太监福安奏称：'永乐宣德间屡下西洋收买黄金珍珠宝石诸物，今停止三十年，府藏虚竭。'就在这个时期，中国云南辖境一掸族土司地界内的一处当时叫作宝井，而今称为抹谷的地方所产的宝石进入了明代统治者的视野，朝廷开始在此收购宝石，作为下西洋购买宝石的替代手段"（载《金玉默守：湖北蕲春明荆藩王墓珍宝·专论》，页73，中国书店二〇一六年）。而明廷派往云南的镇守太监多有飞扬跋扈之辈，宝石自然更是搜刮的重点。

〔3-2-1〕
金五梁冠
杭州桃源岭出土

折合明代的计重，大约七两半多不到八两。五梁冠的
口沿和中腰分别留出几对孔眼，这也是鬏髻通常的做
法，原是用作四向插戴各样簪子。出自浙江嘉兴王店
李家坟明李湘夫妇墓的银丝鬏髻〔图3-2-2〕，上插着一
弯金钿，一枝挑心，两边掩鬓一对，啄针、小插三两
对，上方一枝顶簪，背面一枝满冠，装饰主题为四季
花卉，是首饰一副插戴大致齐全的一个实例。

金丝或银丝编就的鬏髻，里外又可以衬帛、覆
纱，一面仍是装饰，一面用来适应不同场合的不同妆
扮。《词话》第七十五回写吴月娘等人穿戴了出行，
因尚在李瓶儿丧期，故"五个妇人会定了，都是白鬏
髻，珠子箍儿，用翠蓝销金绫汗巾儿搭着，头上珠翠
堆满"，"惟吴月娘戴着白绉纱金梁冠儿，海獭卧兔
儿，珠子箍儿，胡珠环子"。作为孝服的白鬏髻，在
明代图像中也可以见到〔图3-3-1、2〕。沈璟《博笑记》
中的"恶少年误鬻妻室"一事，便是借了戴白布鬏髻
亦即孝鬏髻与黑鬏髻的分别而成"误"，——小叔叔
原是心生歹意卖嫂嫂，却因嫂嫂同婶婶调换了鬏髻，
而卖了自家媳妇。

不论金丝银丝，鬏髻的制作都是一番花费，财
力不敷，乃用头发。《词话》第二回中的潘金莲便是
"头上戴着黑油油头发鬏髻，口面上缉着皮金"。而第

〔3-2-2〕
银丝鬏髻
嘉兴明李湘夫妇墓出土

〔3-3-1〕
《商辂三元记》插图
明富春堂刊本

〔3-3-2〕
山西繁峙公主寺明代壁画

十一回，金莲方由武大娘子变身为西门庆的第五房，随即换掉了头发壳子，同玉楼一般，"家常都带着银丝鬏髻，露着四鬓，耳边青宝石坠子"。第二十五回，宋惠莲方把西门庆哄转了，答应给来旺儿一千两银子往杭州做买卖去，便对着西门庆说道："你许我编鬏髻，怎的还不替我编，恁时候不戴，到几时戴，只教我成日戴这头发壳子儿。"西门庆道："不打紧，到明日将八两银子，往银匠家替你拔丝去。"西门庆又道："怕你大娘问，怎生回答？"老婆道："不打紧，我自有话打发他，只说问我姨娘家借来戴戴，怕怎的！"是蓬门小户通常止戴得一个"头发壳子"，一旦换作银丝鬏髻，必要找个借口遮掩，免得泄露了私情。

今天见到的明代实物，金制的鬏髻远比银制者为少，前举出自杭州桃源岭的金五梁冠是不多的实例，瓶儿的一顶金丝鬏髻重九两，却是比它还重了一两多。西门庆的几房妻妾从吴月娘算起也是"银丝鬏髻倒有两三顶，只没编这鬏髻"，瓶儿因道"我不好带出来的"。于是方有下面的一段话："你替我拿到银匠家毁了，打一件金九凤垫根儿，每个凤嘴衔一挂珠儿，剩下的再替我打一件，照依他大娘，正面戴金厢玉观音满池娇分心。"这里道是"金九凤垫根儿"，下文又称它"九凤甸儿"，便是戴在鬏髻口沿的半弯金钿或曰花钿。"甸"，当是"钿"的别写。明顾起元《客坐赘语》卷四《女饰》一节"花钿戴于发鼓之下"的花钿，前举嘉兴明李湘夫妇墓出土银丝鬏髻正面下方戴的半弯金镶宝缠枝牡丹花钿，都是此物。所谓"垫根儿"，也是"戴于发鼓之下"的意思。"戴于发鼓之下"的方式大致有两种，一是背后安置一柄簪脚，如江阴青阳明邹令人墓出土的一个金镶宝花钿〔图3-4-1〕，一是钿口两端穿丝绳，以用于系结插戴在鬏髻的簪子上。花钿通常用金银打制，装饰纹样多取花卉、云朵和仙人，式样却很是灵活。无锡明华复诚夫妇墓出土银鎏金翠云钿儿弯梁上丝绳系了一溜十一个云朵，云朵上铺翠，钿口两端穿着用于系结而编作数股的丝绳〔图3-4-2〕。而相同的题材，也可依了主顾的心思在工匠手下各竞新巧，比如同样是缠枝牡丹，湖北蕲春蕲州镇明永新王朱厚熿夫妇墓出土的金钿便活泼泼如新折下来的花枝子〔图3-4-3〕。瓶儿要西门庆找银匠打的一件金九凤垫根儿，先就把式样交代明白。照依这一番形容，不难推知它的样式，便是提取点翠凤冠上的口圈，增减变化而制成，比照明代容像中的凤冠，如明吴江周氏四代家堂像所绘（四代为周用、周式南、周辑符、周宗建），可以见得分明〔图3-5〕。清代点翠钿子的钿口也还袭用了这样的做法。

〔3-4-1〕
金镶宝花钿
江阴明邹令人墓出土

〔3-4-2〕
银鎏金翠云钿儿
无锡明华复诚夫妇墓出土

〔3-4-3〕
金镶宝牡丹花钿
湖北蕲春明永新王朱厚熿夫妇墓出土

〔3-5〕
明吴江周氏四代家堂像局部
南京博物院藏

　　打制九凤钿一事，要在更有遥相呼应的另一幅图
景：《词话》第九十五回，月娘送哥哥到大门首，看
见提着花箱儿的薛嫂儿，问起来，方知春梅当日被月
娘十六两银子卖到周守备家为二房，很是得宠，正
头娘子一死，随即扶正，此际已是守备夫人，薛嫂
正待往守备府上送首饰："问我要两副大翠重云子钿
儿，又要一副九凤钿银根儿，一个凤口里衔一串珠
儿，下边坠着青红宝石、金牌儿，先与了我五两银

子。"月娘要瞧瞧是怎样的翠钿儿，及至花箱里取出来，"果然做的好样范，约四指宽，通掩过鬏髻来，金翠掩映，翡翠重叠，背面贴金，那九级钿，每个凤口内衔着一挂宝珠牌儿，十分奇巧"。当此之际，先前要打九凤钿的瓶儿和金莲都死了，月娘也成了寡妇，风流云散，门户萧条，偏又遭西门庆旧日伙计的敲诈，正六神无主，筹措无方，如今要打九凤钿的主顾，却是昔日吴神仙看相，预言"必戴珠冠"而被月娘批作"就有珠冠，也轮不到他头上"的春梅。——"金""瓶""梅"三个女人的影子忽然都聚在这里闪了一闪，月娘看不见，然而作者是要教读者看见的。

金玲珑草虫儿头面

　　两件九凤钿之外，李瓶儿一个九两重的金丝鬏髻到银匠那里销镕了，还可以再打一件分心。分心也是明代簪钗中的大件，它在明王圻等编《三才图会》的"内外命妇冠服"一项里称作"满冠"〔图4-1-1〕，道是"若满冠，不过以首饰副满于冠上，故有是名耳"，意即以它的插戴而使罩发之冠簪钗充满。分心的叫法似独见于《金瓶梅词话》，且屡屡言及。这里瓶儿特地言明要"正面戴金厢玉观音满池娇分心"，那么还应该有式样稍别的一种是戴在后面，因此《金瓶梅词话》第九十回列举来旺儿担子上的首饰，其中就有"前后分心，观音盘膝莲花座"。不过专用于戴在后面的分心，或又别称"满冠"，它也见于来旺儿的首饰匣儿，便是"满冠擎出广寒宫"。插戴于前的首饰有挑心和花钿，可容分心的位置已经不宽裕，因此分心的尺寸中心部位总要扁矮一点，正如明代容像所绘〔图4-1-2〕。戴在后面的便是中间部分稍高，横向则稍短。比较出自广州番禺茅山岗明墓的孔雀牡丹金分心和无锡明华复诚夫妇墓出土银镀金镶玉满冠，可清楚见出二者的区别〔图4-1-3、4〕，后一例为华妻曹氏物，出土时就插戴在鬏髻后面。分心的名称出现于明代，样式的出现却在明代之前，山西大同善化寺三圣殿里金代塑像中鬼子母戴在面前的饰品〔图4-2〕，或可视作明代分心的前身。满池娇纹样也不是明人新创，它产生于宋，名称的流行不晚于南宋，或冠名于簪钗，或冠名于织绣，由宋而元而明代，始终盛行不衰，当然造型和风格总会不断变化。四川平武县王玺家族墓地八号墓出土一件金满冠，以一弯雕栏分隔上下，上方是坐在金毛吼上的南海观音，两边善财和龙女，旁侧分别立着鹦鹉和插了柳枝的净瓶，雕栏里一池娇花，莲花、莲叶、慈姑叶偃仰欹侧，不见水痕，而有风动涟漪〔图4-3〕。虽属镂空作，却是"揭实枝梗"打制成形。所谓"正面戴金厢玉观音满池娇分心"，由这一枝观音满池娇金满冠不难想见纹样，"满池娇他要揭实枝梗的"，也正是如此这般。出自番禺明墓的金分心则昭示它的造型，华复诚夫妇墓出土的银镀金满冠，便是镶玉的式样了。

冠满

〔4-1-1〕
《三才图会》中的满冠图

〔4-1-2〕
明人容像局部
故宫博物院藏

孔雀牡丹金分心
广州番禺茅山岗二号墓出土

银镀金镶玉满冠
无锡明华复诚夫妇墓出土

〔4-2〕
山西大同善化寺
三圣殿里金代塑像
鬼子母

〔4-3〕
观音满池娇金满冠
四川平武明王玺家族墓地八号墓出土

系在金观音满池娇上面的故事，至此方展开情节之一，接着还有下文。潘金莲与西门庆一番计较之后，李瓶儿梳妆打扮，走来上房，与月娘众人递茶。行过礼，"金莲在旁拿把挑子与李瓶儿挑头，见他头上戴着一付金玲珑草虫儿头面，并金累丝松竹梅岁寒三友梳背儿，因说道：'李大姐，你不该打这碎草虫头面，只是有些抓住了头发，不如大姐姐头上戴的这金观音满池娇，是揭实枝梗的好。'这李瓶儿老实，就说道：'奴也照样儿要教银匠打怎一件哩。'"

草虫儿用作装饰纹样的簪子多数为小件，因此插戴的时候往往是几对，这里道"一付"，便至少要两三对方可足成。《词话》第六十一回道"王六儿打扮出来，头上银丝𩑺髻，翠蓝绉纱羊皮金滚边的箍儿，周围插碎金草虫啄针儿"。插在周围，那么不止一对。呼作"啄针"的草虫簪子，多指簪首与簪脚垂直相接而簪脚尤其纤细者，簪脚则每每是银制。蜜蜂、蜻蜓、蜘蛛、蚂蚱、螳螂、蝉，或鱼，或虾，是草虫簪子最常取用的造型，题材大约多来自南宋院画小品。它的特色之一是分外轻盈，而别以肖形见出好来。《天水冰山录》载录的此类首饰有"金厢玉草虫首饰一副，计十一件""金厢玉草虫嵌宝首饰一副，计一十二件""金厢大珠宝草虫首饰一副，计一十件"。笼统以"草虫"概之，该是不同造型者合作十一二件的一副。与其他类别相比草虫算是小件，但镶玉、镶宝、镶大珠宝，仍见华贵，此却不是来旺儿挑担叫卖的"零碎草虫生活"，要须湖北蕲春横车镇周湾明墓出土金镶大珠宝螳螂捕蝉簪、常州丽华新村出土金镶宝螳螂菊花簪，方可与之对应〔图4-4-1、2〕。不论瓶儿的妆匣里是否也有此类，这时候总归是不敢戴出来的，因此金莲看见的是一付金玲珑草虫儿头面。玲珑，在这里一面指镂空的样式，一面也道出它的细巧，却是因为肖形即所谓"象生"而如实做出长须腿足，不免"有些抓住了头发"，比如扬州市郊西湖蜀岗村吕庄明代火金墓出土的一枝〔图4-5-1〕。出自上海卢湾李惠利中学明墓的一对银镀金草虫啄针〔图4-5-2〕，出土的时候是插在银丝䯼髻上方，同时戴在上边的还有一对草虫啄针是象生蚂蚱〔图4-5-3〕。容易抓头发，一点儿不假。金莲拿把抿子给瓶儿抿头，且亲亲热热说出一番话来，委实"好个人儿"（第十六回瓶儿赞金莲语）。殊不知真意却在借着草虫头面引出下面关于金分心的一番细细形容，这原是瓶儿方才背地里和西门庆说的话，以此暗示对方一举手一投足容不得功夫即已尽在她的掌握。《词话》第二十三回"金莲窃听藏春坞"，第二十七回"李瓶儿私语翡翠轩"，金莲也都

〔4-4-1〕
金镶大珠宝螳螂捕蝉簪
湖北蕲春横车镇周湾明墓出土

〔4-4-2〕
金镶宝螳螂菊花簪
常州丽华新村出土

〔4-5-1〕
银镀金草虫啄针
扬州明代火金墓出土

〔4-5-2〕
银镀金草虫啄针
上海卢湾区李惠利中学明墓出土

〔4-5-3〕
草虫簪的插戴
上海卢湾区李惠利中学明墓出土

是如此行事，第二十三回金莲与宋惠莲的一番言语中还特别提到"你六娘当时和他一个鼻子眼儿里出气，甚么事儿来家不告诉我"。只是这时候的瓶儿还听不出金莲的弦外之音，倒是小玉、玉箫近前递茶接着戏她，说的都是夜间窃听来的情形，方"把个李瓶儿羞的脸上一块红一块白，站又站不得，坐又坐不住"。

草虫啄针是簪钗中的小件，啄针也称撺杖，《词话》第五十八回，郑爱月儿见了众人，潘金莲"又取下他头上金鱼撺杖儿来瞧"，因问："你这样儿是那里打的？"无锡明黄钺家族墓黄抃妻范氏之物中有如此一对，细细的簪脚，簪首一尾游鱼，更以莲叶、浮萍、慈姑叶、香蒲棒和一朵嵌宝的莲花合作莲塘小景〔图4-5-4〕。《金井玉栏杆圈儿》里举出的金头莲瓣簪子也是式样简单的一类，《词话》第八回，潘金莲为西门庆做下上寿的物事，其中之一便是一根并头莲瓣簪儿，"簪儿上钑着五言四句诗一首云：'奴有并头莲，赠与君关髻。凡事同头上，切勿轻相弃。'"还有更为简素的一种名作"一点油"。同在第八回，金莲嗔道西门庆久不露面，"一手向他头上把帽儿撮下来"，"一面向他头上拔下一根簪儿，拿在手里观看，却是一点油金簪儿，上面钑着两溜子字儿'金勒马嘶芳草地，玉楼人醉杏花天'，却是孟玉楼带来的"。而

〔4-5-4〕
银镶宝游鱼撇杖
无锡明黄钺家族墓地二号墓出土
（黄扑妻范氏物）

孟玉楼同样錾了嵌名诗的簪子还有一枝是金头莲瓣簪，《词话》第八十二回，金莲到陈经济房中寻他，却是酒醉不醒，"妇人摸他袖子里，吊出一根金头莲瓣簪儿来，上面钑着两溜字儿'金勒马嘶芳草地，玉楼人醉杏花天'，迎亮一看，就知是孟玉楼簪子"，因思："怎生落在他袖中，想必他也和玉楼有些首尾，不然，他的簪子如何他袖着？"之后被金莲问着，经济赌神发咒，说是花园里拾的。这里埋下的伏笔回应在第九十二回，彼时玉楼已改嫁李衙内，经济算计好了上门讹诈，不料遭玉楼峻拒，"经济见他不就，一面拾起香茶来，发话道：'我好意来看你，你倒变了卦儿。你敢说你嫁了通判儿子，好汉子，不采我了。你当初在西门庆家做第三个小老婆，没曾和我两个有首尾？'因向袖中取出旧时那根金头银簪子，拿在手内说：'这个物是谁人的？你既不和我有奸，这根簪儿怎落在我手里？上面还刻着玉楼名字……'""玉楼见他发话，拿的簪子委的他头上戴的金头莲瓣簪儿，'昔日花园中不见，怎得落到这短命手里？'"

金头莲瓣簪子、一点油金簪儿，从名称便可会得它是簪首金、簪脚银，也可以用《词话》中的说法统称为"金裹头簪子"。毕竟簪脚是隐在发髻里，晃耀在外的只是簪首，因此通体金制如湖北蕲春明荆王府墓出土者〔见图1-7-2〕，是不多的，其实金裹头之金也常常是银镀金。出自无锡明华复诚夫妇墓的两对金头莲瓣簪子是华妻曹氏物，通长12.9厘米，六棱的银簪挺向下收分成锥脚，上方旋作细颈，然后顶出仰覆两重的金莲瓣〔图4-6-1〕。同出另一对镀金银簪通长8.2厘米，簪首顶出一个蘑菇头〔图4-6-2〕，正是那

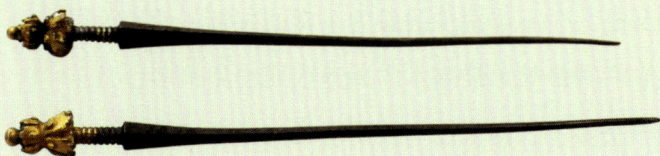

〔4-6-1〕
金头莲瓣簪子
无锡明华复诚夫妇墓出土

〔4-6-2〕
一点油镀金银簪
无锡明华复诚夫妇墓出土

"一点油"。三对簪子原都插在曹氏的银丝鬏髻上，前节举出这一顶银丝鬏髻下方的银镀金翠云钿儿便是用两端的丝绳系在这一对一点油簪子上。诸如此类的金银短簪既可成对插戴，也不妨独秀一枝，挽发之外，又是几乎不可缺少的最为平常的装饰，而不论男女。它有着最简单最基本的用途因而使用最多，乃至轻易不会除下，便仿佛与使用者最为亲近，且因此好像另有特别的意义，于是又常用为男女寄情的信物。若为聘礼，则或刻铭见意。《石点头》卷十《王孺人离合团鱼梦》曰乔氏"头髻跌散，有一只金簪子掉将下来，乔氏急忙拾在手中。原来这只金簪是王从事初年行聘礼物，上有'王乔百年'四字，乔氏所以极其爱惜"[1]。无锡明黄钺夫妇墓出土小小一枝一点油金簪儿，为黄妻顾氏之物，通长9.3厘米，簪挺做成五棱，五棱中的一面錾一句"折梅逢驿使"，相对的一面錾着"寄与陇头人"，"与"作简体字。另有一面更錾一枝梅花以足诗意〔图4-7〕。铭文字极细小，刻纹又浅，惟"折梅""寄与""人"几个字尚勉强可认。但这首诗太有名——南朝刘宋时人陆凯《赠范晔》："折梅逢驿使，寄与陇头人。江南无所有，聊赠一枝

---

[1]《石点头》，天然痴叟撰，约成书于崇祯初年。

〔4-7〕
一点油诗铭簪
无锡明黄钺夫妇墓出土
（黄钺妻顾氏物）

春。"——见载于多种类书，如《岁华纪丽》《太平御览》《事类赋》《锦绣万花谷》等，于是认不真切的字也都可以省得其形。此诗本事见于《荆州记》，陆凯与范晔相善，自江南寄梅花一枝诣长安与晔，并赠诗云云，后人借它字面意表达思念而通用于男女。这一枝刻铭金簪珍重随葬，必因此物是主人生平所爱，只是究竟有何故事我们无从知晓，却可借此领会《词话》作者如何得以用了两枝刻铭金簪分别在故事中推波助澜。"金勒马嘶芳草地，玉楼人醉杏花天"，原是广为流传的一联。元石君宝《李亚仙花酒曲江池》杂剧第一折，郑元和见那曲江池上果然一番好景致，因道："诗云：家家无火桃喷火，处处无烟柳吐烟。金勒马嘶芳草地，玉楼人醉杏花天。"大英博物馆藏一件磁州窑白地褐花扁壶，时代约当元末明初，扁壶的两面开光内分别装饰人物故事图，一面是相如题桥，一面是柳毅传书，两个窄侧面各有字句相同的两句诗，道是"金镫马踏芳草地，玉楼人醉杏花天"〔图4-8〕。此式扁壶的主要用途是盛酒，选取这一联作为装饰纹样，自然是切一个"醉"字。孟玉楼拈取它来铭簪，却是作为嵌名诗来用。第八回里，玉楼的一点油嵌名簪被金莲从西门庆头上拔下来，其时方当西门庆"娶了玉楼在家，燕尔新婚，如胶似漆"，此际插在

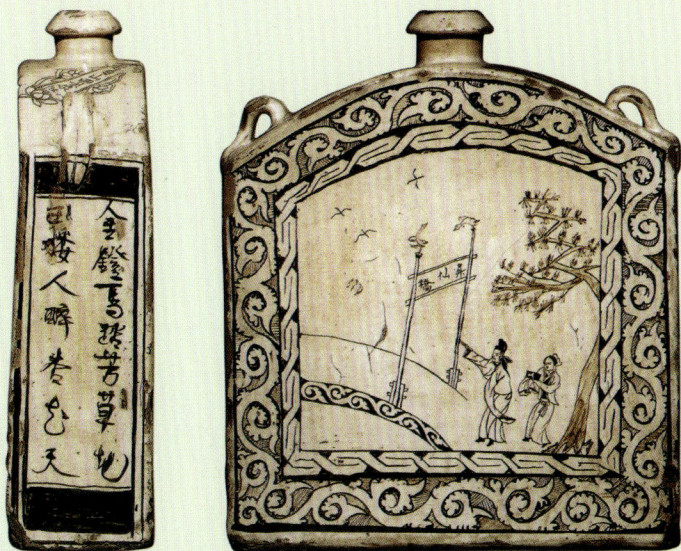

〔4-8〕
磁州窑白地褐花扁壶
大英博物馆藏

头上的这一枝自是玉楼赠予的信物，因被金莲认作变心的证据。第八十二回，似乎是这一情节的复制，其实不然，这里原是为了它的再次出场做足文章。

簪钗用作情爱之信物，敷演一番悲欢离合，是小说戏曲最常使用的方法，这是注入温情的一双眸子，时常还藏了作者自家的心事。《词话》作者却是另外一副笔墨，虽然惯喜用簪钗之类饰物构筑情节，但从不为之寄寓诗情画意，而总是直指人心或曰人欲。冷眼看世的峻利，也使得《词话》中的"物色"别呈色泽。

二珠环子和金灯笼坠子

　　无论金丝编、银丝编抑或头发编，罩在发髻上的一顶鬏髻总是明代已婚女子的体面打扮，即便寻常家居也轻易不除下。《金瓶梅词话》第十一回，金莲和玉楼在花园亭子里做针指，"二人家常都带着银丝鬏髻，露着四鬓，耳边青宝石坠子"。而第五十三回，月娘早上到了李瓶儿屋里，瓶儿为着官哥儿吃猫唬了，头也不得梳，"仓忙的扭一挽儿，胡乱磕上鬏髻"，方迎着月娘，"扑起的也似接了"。但若特意除下鬏髻别作妆束，却又另是一番风致。《词话》第二十七回描画夏日里潘金莲、李瓶儿的一身家常妆束，"都是白银条纱衫儿"，"惟金莲不戴冠儿，拖着一窝子杭州攒，翠云子网儿，露着四鬓，上粘着飞金，粉面额上贴着三个翠面花儿，越显出粉面油头，朱唇皓齿"。第十五回，西门庆一众嫖客进到丽春院，李桂姐打扮了出来，"家常挽着一窝丝杭州攒，金累丝钗，翠梅花钿儿，珠子箍儿，金笼坠子"，"打扮的粉妆玉琢"。虽曰"家常"，却实在是精意用心打扮出来，倒是比盛服更能映衬冶容，于是越见得"粉妆玉琢"，"越显出粉面油头，朱唇皓齿"。《西游记》里的观音菩萨竟也是如此：第四十九回描画清早未曾妆束即入竹林削篾编篮的观音菩萨，是"懒散怕梳妆，容颜多绰约，散挽一窝丝，未曾戴璎珞"，并且菩萨便是这等妆束走去收伏了下界作乱的金鱼。当日磕头礼拜的一庄老幼，"内中有善图画者，传下影神，这才是鱼篮观音现身"。这是世间相的菩萨故事，实与释典无关，所云"散挽一窝丝"，与《词话》中的"一窝子杭州攒"和"一窝丝杭州攒"，原当同一事。一窝丝的样式，有若明代流行的一种同名甜食，高濂《遵生八笺·饮馔服食笺下》列出"一窝丝方"，略云"糖卤下锅熬成老丝，倾在石板上"，"待冷将稠，用手揉拔扯长"，"拔至数十次，转成双圈"，二人对扯，"扯拔数十次，成细丝，却用刀切断分开，缩成小窝。其拔丝上案时，转折成圈"。高濂活跃于嘉靖万历时期，与《词话》时代约略相当。比照"一窝丝方"，可以推知发髻式样的要义在于转折成圈。如果援图为证，那么上海博物馆藏明吴伟《铁笛图》、辽宁省博物馆藏明佚名《宫装图》中女子的发式当是其概〔图5-1-1、2〕。而"鱼篮观音现身",不仅有画像,还有依据画像制作的簪钗,那菩萨果然是头上不戴宝冠的"散挽一窝丝"〔图5-1-3〕,也适可当得"容颜多绰约"的赞语。

金莲"一窝子杭州攒"的下边,又是一个"翠云子网儿"。此物虽不是盛妆所必需,却是加意妆扮的时候才用到,它也称云髻儿、围发云髻儿、云髻珠子缨络儿或珍珠络索。《词话》第四十二回,西门庆家宴客,春梅、玉箫、迎春、兰香,各房中的几个大丫鬟席上捧茶斟酒,"都是云髻珠子缨络儿、金灯笼坠、遍地锦比甲、大红段袍、翠蓝织金裙儿,——惟春梅宝石坠子、大红遍地锦比甲儿"。第七十八回,潘金莲的生日,春梅陪潘姥姥吃酒,"头上翠花云髻儿,羊皮金沿的珠子箍儿,蓝绫对衿袄儿,黄绵绸裙子,金灯笼坠子,貂鼠围脖儿"。第八十六回,春梅被卖到周守备家做小之日,薛嫂"把春梅收拾打扮,妆点起来,戴着围发云髻儿,满头珠翠"。仍以明代图像为证:唐寅《李端端图》〔图5-2-1〕、《吹箫仕女图》〔图5-2-2〕、《仿韩熙载夜宴图》〔图5-2-3〕,画作里的女子发髻周环挂着珠子缨络,应该都是取自当代样式。明代遗存中的珠子缨络式样也同图画所绘一般。出自明

〔5-1-1〕
吴伟《铁笛图》局部
上海博物馆藏

〔5-1-2〕
明佚名《宫装图》局部
辽宁省博物馆藏

〔5-1-3〕
金镶宝鱼篮观音挑心
湖北蕲春明都昌王朱载塎夫妇墓出土

益宣王夫妇墓的一件是孙妃之物：金板做成一道弯弧是珠缨的梁，梁上錾出七朵折枝牡丹，两端有用作穿系带子的孔，下缘垂着宝石缀脚的十五串珍珠[1]〔图5-3-1〕。北京定陵出土一件珠子缨络儿属孝端后，上方一溜大珠间珠花缘边，下面牵出珠网，底端十九个宝石坠脚，原是戴在外覆黑纱、棕丝编就的鬏髻下边〔图5-3-2〕。

如此再来看第二十七回里的潘金莲，原是有意不戴冠儿，却是拖着一窝子杭州攒，而偏以一个翠云子网儿特特衬出丰艳。不必想象与夸张，止须妙用"物色"照实写去，人物性情也便随着服饰一起出来了。

《词话》中女人的妆扮，每以金莲最见风流。第二十七回里是一番出色，遂引出"醉闹葡萄架"的一幕情色剧。第四十回"妆丫鬟金莲市爱"，也是立见成效。却说金莲晚夕走到镜台前，"把鬏髻摘了，打了个盘头揸髻，把脸搽的雪白，抹的嘴唇儿鲜红，戴

---

[1] 此物连珠宝共重66克，弧长16.3、宽1.4厘米，江西省博物馆等《江西明代藩王墓》，页141（名作"串珠金钿"），文物出版社二〇一〇年。按器物照片置于该书彩版一六：3，名作"金帽簪"，属之于宁康王女，似非。据江西省文物工作队《江西南城明益宣王朱翊钎夫妇合葬墓》，此件当为益宣王墓出土，为孙妃物，见《文物》一九八二年第八期，图版肆：5，图版说明作"金帽檐"。

[5-2-1]
唐寅《李端端图》局部
南京博物院藏

[5-2-2]
唐寅《吹箫仕女图》局部
南京博物院藏

[5-2-3]
唐寅《仿韩熙载夜宴图》局部
重庆市博物馆藏

[5-3-1]
金珠宝围髻
江西南城明益宣王夫妇墓出土

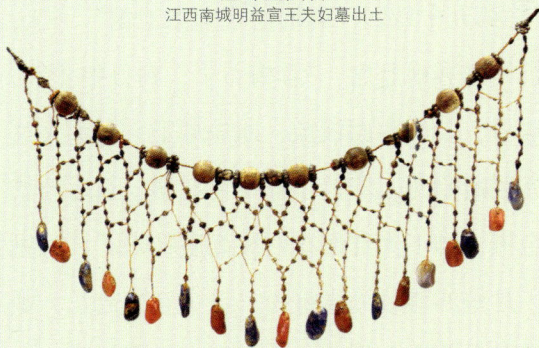

[5-3-2]
珠子缨络围髻
北京定陵出土

着两个金灯笼坠子，贴着三个面花儿，带着紫绡金箍儿，寻了一套大红织金袄儿，下着翠蓝段子裙，要装丫头，哄月娘众人耍子"。紫绡金箍儿，前节《珠子箍儿》里已写到它。盘头揸髻，前引唐寅《李端端图》中女子的发式大抵似之。金灯笼坠子却是耳坠中制作细巧的一类，通常是镂空作，因也称作金玲珑坠子，——《词话》第七十三回，金莲问春梅耳朵上坠子怎的只带着一只，"这春梅摸了摸，果然只有一只金玲珑坠子"。

耳环和耳坠是明代耳饰的两大品类，使用上颇有些身分之别，《词话》作者写到这两类物事，因每见斟酌。第七回，西门庆到杨家相亲，这时候的孟玉楼虽已丧夫，却还是杨家的正头娘子，西门庆看到的孟玉楼便是"头上珠翠堆盈，凤钗半卸"，"二珠金环，耳边低挂"。第九十六回"春梅游玩旧家池馆"一节，道吴月娘折简邀春梅赴席，"春梅看了，到日中才来。戴着满头珠翠，金凤头面钗梳，胡珠环子，身穿大红通袖四兽朝麒麟袍儿，翠蓝十样锦百花裙，玉玎珰禁步，束着金带，脚下大红绣花白绫高底鞋儿。""听见春梅来到，月娘亦盛妆缟素打扮，头上五梁冠儿，戴着稀稀几件金翠首饰，耳边二珠环子，金擦领儿，上穿白绫袄，下边翠蓝段子织金拖泥裙，脚下穿玉色段高底鞋儿。"春梅在西门家一向戴的都是坠子，如今做了夫人，盛妆之际戴了环子，可与月娘分庭抗礼。而月娘虽是"缟素"，但"盛妆"必有的元素却是一样不少。这里宾主两方的一番妆束，实在无一分闲笔。然而绣像本《金瓶梅》这一节文字中，于春梅，删去了"脚下大红绣花白绫高底鞋儿"；于月娘，更删去"耳边二珠环子，金擦领儿"及"下边翠蓝段子织金拖泥裙"中的"织金拖泥"和"脚下穿玉色段高底鞋儿"。不说裙子与高底鞋儿、玉玎珰禁步与金擦领儿两相失了照应，春梅的胡珠环子若无月娘的二珠环子相映照，也未免减损"物色"，更是放过了作者以穿戴变化写人物命运起落的一番深心。

所谓"二珠金环""二珠环子"，便是一大一小两个圆珠叠穿起来状若葫芦的耳环，明《礼部志稿》卷二十"皇帝纳后仪"纳吉纳征告期礼物中列出"四珠葫芦环一双"，北京市文物局图书资料中心藏稿本《明宫冠服仪仗图》中，有对应于"四珠环"的一对葫芦式珠环〔图5-4-1〕，可知"四珠"是以一对计，正如八珠环子是四珠连缀为一只，一对合为八珠之数。明《礼部志稿》卷二十"皇太子纳妃仪"之纳征礼物中的"金脚四珠环一双"，也当是这般计数。《喻世明言》卷二十四《杨思温燕山逢故人》道韩国夫人的妆扮是"四珠环胜内家妆"。此篇改编自《夷坚志》中的《太原意娘》，所言服饰已易为明代。湖北钟祥明郢靖王夫妇墓出土王妃的一对金脚四珠环，正是此物〔图5-4-2〕。出自四川平武苟家坪明土司墓的一对，式样大抵相同〔图5-4-3〕，只是前者二珠之端覆了一个绿松石的小荷叶，后者的叶片是金制。那么《词话》所云"二珠环子"，便是一只的称谓。常熟市碑刻博物馆藏明隆庆二年刻石《归氏四世像》中的孟孺人，耳边一对，就是它了〔图5-4-4〕。

此外一种贴着耳垂戴的小型耳环名作金丁香，它的广泛流行，大致在与《词话》相当的明代中晚期，而延续至清。李渔《闲情偶寄》卷三《声容部》"首饰"条说道"饰耳之环，愈小愈佳，或珠一粒，或金银一点，此家常佩戴之物，俗名丁香，肖其形也"，即是此物。南京中华门外邓府山明王克英妻杨氏墓出土的一对，连脚通长1.5厘米〔图5-5〕，戴起来，正是"金银一点"。金丁香一般也不是丫鬟所用。《词话》第七十五回道仁医官来诊脉，"月娘方动身梳头儿，戴上冠儿"，"头上止摆着六根金头簪儿，戴上卧兔儿，也不搽脸，薄施胭粉，淡扫蛾眉，耳边带着两个金丁香儿"。第四十二回，西门庆伙计韩道国的老婆王六儿打扮了到狮子街房里，"头上戴着时样扭心

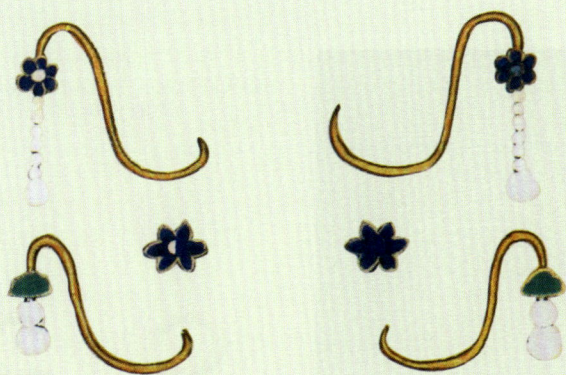

〔5-4-1〕
《明宫冠服仪仗图》中的
梅花环（上）与四珠环（下）

〔5-4-2〕
金脚四珠环
湖北钟祥明郢靖王夫妇墓出土

〔5-4-3〕
金脚四珠环
四川平武苟家坪明土司墓出土

〔5-4-4〕
《归氏四世像》中的孟孺人像局部
常熟碑刻博物馆藏

〔5-5〕
金丁香
南京明王克英妻杨氏墓出土

鬓髻，羊皮金箍儿"，"耳边带着丁香儿"。

春梅在西门家一向戴的都是坠子。前边说到第四十二回西门大官人家摆席的时候，他人都是金灯笼坠，春梅独独一对宝石坠子。它与玉箫的"一双金镶假青石头坠子"，自是物色不同。《词话》中最见贵重的宝石坠子见于第二十回，——瓶儿"拿出一件金厢鸦青帽顶子，说是过世老公公的，起下来上等子秤，四钱八分重，李瓶儿教西门庆拿与银匠替他做一对坠子"。只是此后这一对鸦青宝石的坠子并未戴出来，瓶儿常戴的不过是紫瑛石坠子。而春梅，坠子式样多半还是金灯笼。第四十二回里特别戴出坠子，原

是为着映衬与众不同的"大红遍地锦比甲儿",这是
第四十一回中春梅不卑不亢从西门庆那里争取来的。
这也是作者以物见人的笔法,春梅日后的命运转折,
一点儿没少此类细节的铺垫,张竹坡所谓"于同作
丫鬟时,必用几遍笔墨描写春梅心高志大,气象不
同",是也,却要读者须同作者一般也有以物见人的
心思方好。

金灯笼坠子原本也是明以至于清代都十分流行的
一类。《天水冰山录》中的耳坠一项,有"金累丝灯
笼耳坠""金宝灯笼耳坠""金厢珠累丝灯笼耳坠"。
按照李渔首饰以精雅为要的标准,此却属于俗式,所
谓"时非元夕,何须耳上悬灯,若再饰以珠翠,则
为福建之珠灯、丹阳之料丝灯矣。其为灯也犹可厌,
况为耳上之环乎"(《闲情偶寄》卷三《声容部》"首饰"
条)。当然这是文人眼中的雅,却不是女人的想法。
如前面所举,《词话》里戴金灯笼坠子的有各房大丫
鬟玉箫、迎春、兰香,丽春院的李桂姐,还有宋惠
莲,——第二十三回,宋惠莲"昨日和西门庆勾搭上
了,越发在人前花哨起来","头上治的珠子箍儿,金
灯笼坠子黄烘烘的"。

这黄烘烘的金灯笼坠子,毕竟式样如何?南京鼓
楼区出土的一对明代耳坠可以为例:半环式的耳坠脚

〔5-6〕
金累丝灯笼耳坠
南京鼓楼区出土

挑一顶金累丝花叶盖，盖缘系着三挂铃铎，累丝作的
象生小灯笼垂在中央，灯笼孔上原本嵌了宝石，不过
已大部脱落〔图5-6〕。依仿《天水冰山录》中的名称，
它该叫作金厢宝累丝灯笼耳坠。第四十回，金莲妆丫
鬟市爱，先就把髩髻摘了，打了个盘头揸髻，戴出鬓
边跳荡的一对金灯笼坠子。紫绡金箍儿，大红袄，翠
蓝裙，脸搽的雪白，嘴抹的鲜红，一反平日头罩髩髻
的妇人妆而成一副浓艳娇憨女儿态。反差，自然大有
新鲜感，一个"装"字又带出多少他人所不及的伶俐
妖乔，果然把西门庆"笑的眼没缝儿"，"不住把眼色
递与他"。

　　耳环和耳坠同为明代女子不可或缺的饰物，然而
插戴却有身分与场合的分别，直到明代晚期才渐趋随
意，而惟有《金瓶梅词话》的作者有本领借了这点不
同，冉冉悠悠，随分点染物色，冷眼绘出世味人情。

胸前摇响玉玲珑

　　明人的衣裳没有口袋，若干物件可以挂在腰间，如香囊、香袋、荷包、钥匙，妇人多半用了这样的方式。《金瓶梅词话》第二回，"香袋儿身边低挂"，此潘金莲也。第十二回，金莲与小厮琴童偷欢，"背地把金裹头簪子两三根带在头上，又把裙边带的金香囊股子葫芦儿也与了他，系在身底下"。第七十八回道正月节里月娘"打扮的鲜鲜儿的"，更是叮当一身："头戴翡白绉纱金梁冠儿，海獭卧兔，白绫对衿袄儿，沉香色遍地金比甲，玉色绫宽襕裙，耳边二珠环子，金凤钗梳，胸前带着金三事儿搽领儿，裙边紫遍地金八条穗子的荷包，五色钥匙线带儿，紫遍地金扣花白绫高底鞋儿。"月娘胸前一副金三事儿，暂且放过一边，潘金莲的"香袋儿身边低挂"，在山西右玉宝宁寺明代水陆画中先可觑得大概〔图6-1〕。顺便还可以看

〔6-1〕
宝宁寺明代水陆画·堕胎产亡局部

到，《词话》紧接着的一句"抹胸儿重重纽扣"，水陆画中的妇人也是如此这般。

男人却多是把各样物事纳入袖中。第二十回，李瓶儿九两重的一个鬏髻交给西门庆到银匠那里另外打首饰，于是"西门庆袖了鬏髻出来"。第三十八回，韩道国的兄弟韩二捣鬼"走来哥家，问王六儿讨酒吃，袖子里掏出一条小肠儿来"。第四十六回，应伯爵与谢希大在西门庆家整吃了一日，"顶颡吃不下去，见西门庆在椅子上打盹，赶眼错，把果碟儿带减碟倒在袖子里"。可见连吃食也是可以笼在里边的。

至于随身携带的汗巾，则不论男女通常都是把它揣在袖子里。汗巾多用绫，虽然有短有长，但一律精细、轻薄。江阴南门磨盘墩明承天秀墓出土一方璎珞纹绫汗巾，长 84.3、宽 60.3 厘米，却是"薄如蝉翼，轻若鸿毛"〔图6-2-1〕，揣在袖子里，自然也是妥帖的。汗巾两端每每妆点各式边栏，山东邹城明鲁荒王墓出土汗巾两条，其一，"福寿"字如意边栏万字白绫汗巾，半米宽，长逾一米；其一，如意边栏"龟龄鹤算"缠枝花黄绫汗巾，半米宽，长逾两米五〔图6-2-2、3〕，《词话》因称它"双栏子汗巾儿"。第五十一回，李瓶儿和陈经济说，"我还要一方银红绫销江牙海水嵌八宝汗巾儿"，"江牙海水嵌八宝"，便是边

〔6-2-1〕
瓔珞纹绫汗巾
江阴南门磨盘墩明承天秀墓出土

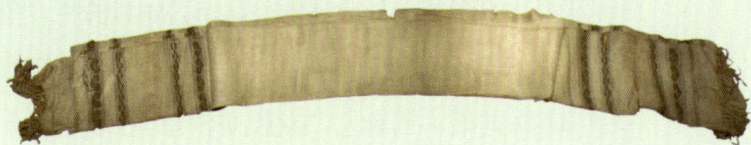

〔6-2-2〕
"福寿"字如意边栏万字白绫汗巾
山东邹城明鲁荒王墓出土

〔6-2-3〕
如意边栏"龟龄鹤算"缠枝花黄绫汗巾
山东邹城明鲁荒王墓出土

栏的装饰。潘金莲却是一口气说出汗巾花样一大串，偏显出口角伶俐："我要娇滴滴紫葡萄颜色四川绫汗巾儿。上销金，间点翠，十样锦，同心结，方胜地儿，一个方胜儿里面一对儿喜相逢，两边栏子儿都是缨络出珠碎八宝儿。""江牙海水嵌八宝"与"缨络出珠碎八宝儿"，都是明代流行纹样，不仅汗巾用它作"两边栏子儿"，衫裙也常以此沿边为裙拖，嘉兴王店李家坟明墓出土的织金绸裙、山东博物馆藏明织金妆花缎裙，宽宽的裙拖便都是缨络出珠碎八宝儿〔图6-3-1、2〕。"方胜地儿"则即最常见的菱格纹，"喜相逢"可以是蝴蝶，也可以是鸾凤。嘉兴王店李家坟明墓出土一件绸衫，万字回纹边框的方胜，一个方胜里搁一个螭虎〔图6-3-3〕。汗巾两头又都有细撮的线穗，或叫作须子，雅称便是流苏，随身带着的小用具也便拴在汗巾角上，《词话》第五十九回，"西门庆向袖中

〔6-3-1〕
织金绸裙局部
嘉兴王店李家坟明墓出土

〔6-3-2〕
织金妆花缎裙局部
山东博物馆藏

〔6-3-3〕
绸衫局部
嘉兴王店李家坟明墓出土

取出白绫双栏子汗巾儿，上一头拴着三事挑牙儿，一头束着金穿心盒儿"，即是此等情形。第五十七回，"且说西门庆听罢了薛姑子的话头，不觉心上打动了一片善念，就叫玳安取出拜匣，把汗巾上的小钥匙儿开了，取出一封银子"。所谓"汗巾上的"，则即须子上头拴的，《西游记》第七十三回称黄花观的道士"于袖中拿出一方鹅黄绫汗巾来，汗巾须上系着一把小钥匙，开了锁，取出一包儿药来"。《续金瓶梅》第十二回"刘学官雪中还债"，道刘学官娘子同月娘说了几句话，"就取过那匣子来，袖子里拿出个汗巾，一把小钥匙开了，取出五封银子"。这倒不是续书刻意效法前书，却是因为如此做法是一直延续下来的。

西门庆汗巾上一头拴着"三事挑牙儿"中的挑牙儿，原是三事里的一事，此外的两事为耳挖和镊子，而每常以挑牙为领军唤作"三事挑牙儿"，前面或加个"一副"。《词话》第五十九回，郑爱月儿又向西门庆袖中"掏出个紫绉纱汗巾儿，上拴着一副拣金挑牙儿"。第八十三回，春梅为金莲递柬与陈经济，经济"一面开橱门，取出一方白绫汗巾、一副银三事挑牙儿答赠"，春梅归来告诉金莲说："他看了你那束帖儿，好不喜欢，与我深深作揖，与了我一方汗巾、一副银挑牙儿相谢"。"拣金挑牙儿"，是银挑牙儿上复以金丝嵌出纹样，纹样自然精细非常，因为一副三事挑牙儿原本就是小小的。相比之下，陈经济酬谢春梅的一副银挑牙儿就式样寻常了。

"三事"也可以用作佩饰，而"三事"之"三"又是一种泛指，不足三事与多于三事，都不妨以"三事"概称，常见的组合是挑牙儿和耳挖。出自南通明顾养谦夫妇墓的一副金三事以金索穿系飞鱼柄的耳挖和挑牙，其上缀一个金镶宝玲珑球，再以一个金镶宝荷叶盖为云题，由金索提系，金索顶端的小环用于佩带〔图6-4-1〕。上海浦东新区明陆深家族墓出土的一副，荷叶云题之下的两条金链分别系着金龙衔挑牙与金龙衔耳挖。龙身錾出规整的鳞片，龙尾分叉处成为小孔，与链环相衔〔图6-4-2〕。苏州博物馆藏一副明代金镶玉佩饰，云朵式的花题一面是镂金的无肠公子，镂空处隐约可见玉色，另一面则即玉荷叶上的金龟，正是唐以来的流行题材龟游莲叶。花题金框下缘的三个小环里系了三挂金链，当心一挂底端是金挑牙儿和金耳挖，中腰拴着一个玉马，两边系链各缀一个上覆金叶的水晶紫茄〔图6-5〕。这是把三事儿和后面要说到的打琫合在了一处，月娘胸前带着的金三事儿撺领儿，便是这一类。所谓"撺领儿"，当是坠领的别称

〔6-4-1〕
金三事
南通明顾养谦夫妇墓出土

〔6-4-2〕
金三事
上海浦东新区明陆深家族墓出土

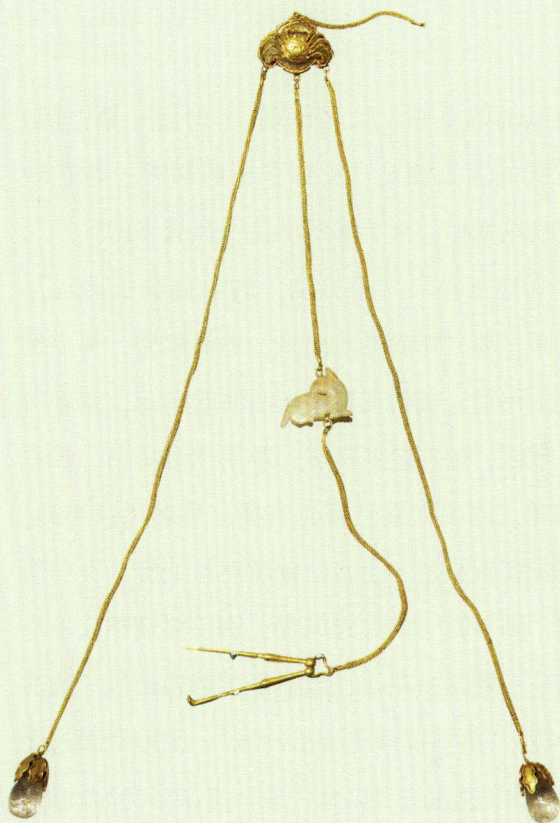

〔6-5〕
金镶玉佩饰（三事儿玎珰）
苏州博物馆藏

或异写。

作为佩饰的坠领，又名玎珰。《词话》第七回，西门庆看到的孟玉楼是"上穿翠蓝麒麟补子妆花纱衫，大红妆花宽栏，头上珠翠堆盈，凤钗半卸"，"二珠金环，耳边低挂"，"但行动，胸前摇响玉玲珑"。第五十九回，那"郑爱月儿出来，不戴鬏髻，头上挽着一窝丝杭州攒，梳的黑鬖鬖光油油的乌云，露着四鬓，云髻堆纵，犹若轻烟密雾，都用飞金巧贴，带着翠梅花钿儿，周围金累丝簪儿齐插，后鬓凤钗半卸，耳边带着紫瑛石坠子，上着白藕丝对衿仙裳，下穿紫绡翠纹裙，脚下露一双红鸳凤嘴，胸前摇珰珰宝玉玲珑，正面贴三颗翠面花儿，越显那芙蓉粉面"。"胸前摇响玉玲珑""胸前摇珰珰宝玉玲珑"，则即明顾起元《客座赘语》中说到的"以金、珠、玉杂治为百物形，上有山云题若花题，下长索贯诸器物，系而垂之，或在胸曰坠领，或系于裙之要曰七事"。因它"但行动"，便"摇响"，故又名作"玎珰"或"玎珰七事"。此"七事"也与"三事"一样，是一个概称，即一挂中的事件儿未必拘限于"七"。湖北蕲春刘娘井明荆端王次妃刘氏墓出土金镶宝玎珰一副，长及尺馀，顶端为下覆的一个荷叶花题，其下垂系三挂金链，中间一挂缀着金嵌宝花朵、金叠胜、衔花结的双鱼，两边

对称系着象生葫芦、石榴、柿子、带叶的鲜桃和荔枝
〔图6-6-1〕。出自蕲春明荆恭王朱翊钜夫妇墓的一副，
顶端花题和中间的金镶玉圆板分别做成四幅小品画，
金累丝的装饰框里两面各成画幅。花题一面是金摺丝
镶珠嵌玉折枝茶花，一面是金摺丝镶玉石榴黄鸟，每
个石榴嘴边都点了金粟粒做成的几颗石榴籽。金链拴
着的一对金玉折枝石榴分置于金镶玉圆板上下。圆板
一面嵌着玲珑玉，——草坡山石间一只口衔瑞草的凤
凰，玉凤回首处是枝头的一只小鸟，下方一大朵玉牡
丹。另一面的金累丝画框里是一幅人物小品：牡丹、
松枝、竹林山石布景，松间竹畔的玉人头戴小冠支颐
倚坐在山石边，浓荫里小鸟栖枝探身下望。底端三事
是一对玉花高耸的金累丝花盆分缀两边，满插着金玉
花枝的一个累丝花瓶垂系在中间。打造、编结、摺
丝、累丝、镶嵌、攒簇，正是众工会聚，而"以金、
珠、玉杂治为百物形"〔图6-6-2〕。出自王室，自然材
质华贵，做工讲究，但也不是民间不可及，因它不在
礼制规范之内，计较的不过是财力。《词话》笔下之
物，它可以作为参照。而行院中人的打扮实与富室娘
子一般不差，此所以作者又借了"蛮小厮"春鸿之口
道出郑爱香和爱月儿的容仪，说是跟着西门庆到了一
座大门楼，里面见了两位娘娘，遂被潘金莲笑作"赶

〔6-6-1〕
金镶宝玎珰
湖北蕲春明荆端王次妃刘氏墓出土

〔6-6-2〕
金镶玉玎珰（纹样之两面）
湖北蕲春明荆恭王朱翊钜夫妇墓出土

着粉头叫娘娘起来"[1]。

作为佩饰，与三事儿同在一处的还会有盛着香茶的小盒，也有粉盒或脂盒，制作秀巧差不多是一致的。《词话》第十一回中说西门庆"袖中取出汗巾，连挑牙与香茶盒儿，递与桂姐收了"。《醒世姻缘传》第七十五回，道狄希陈"把手往寄姐袖子里一伸，掏出一个桃红汗巾，吊着一个乌银脂盒，一个鸳鸯小合包，里边盛着香茶"。香茶盒儿与乌银脂盒都是拴在汗巾角上，即汗巾两头的须子上面，那么小盒该做成什么样式才会方便系结？习见的方式，是小盒外缘做出一个圆环，即如前面举出的四川平武明土司墓出土金事件儿中的一枚粉盒。此外一种特殊样式，便是前引《词话》第五十九回西门庆袖子里白绫双栏子汗巾儿上一头束着的金穿心盒。

穿心盒的使用虽然算不得普遍，但从唐代到明清，传世和出土的实物并不鲜见，因可显示出传承线索。虽质地不一，但造型与形制大抵相同，即多为扁圆；子母口，是为着它扣合得紧；大小不盈寸，自有袖藏之便。日本奈良大和文华馆藏一件约当晚唐

---

[1] 清顾张思《土风录》卷十七"娘娘"条："娘娘，奴婢称主母曰娘娘。"

的金花银鸿雁纹圆环式小盒，高 2.1 厘米，直径 4.2
厘米〔图6-7-1〕。内蒙古巴林左旗白音敖包乡出土一枚
辽代骨质粉盒，尺寸与形制都与它相近〔图6-7-2〕。黑
龙江阿城金齐国王墓男性墓主人怀中有一方素绢汗巾，
巾角用绿丝绦穿了一个菱角形的白玉坠，玉坠下边系
一个穿心盒[1]。南京市西天寺宋墓出土一枚，系以可方
便揭下来的金箔分别包在盒盖与盒底，上下扣合之后，
露出一围灿灿金边〔图6-7-3〕。明代穿心盒的质地多为金
银，扬州市郊西湖蜀岗村吕庄明代火金墓出土银錾牡
丹双凤穿心盒〔图6-7-4〕；出自湖北蕲春明荆恭王朱
翊钜夫妇墓的一枚金盒上下分别錾刻腾挪在祥云间的
二龙戏珠〔图6-7-5〕；蕲春大径桥明永新王朱厚熿夫
妇墓出土金盒造型如球，不过中心有孔可以穿系却是
一样的〔图6-7-6〕。

　　穿心盒里或盛脂粉或盛香茶，脂粉便于补
妆，香茶方便清洁口腔。男人随身带着的便多是香
茶，前引《词话》第十一回，西门庆"袖中取出
汗巾，连挑牙与香茶盒儿，递与桂姐收了"，即是
如此。也因此第五十九回西门庆和爱月儿饮够多

[1] 赵评春等《金代丝织艺术——古代金锦与丝织专题考释》，图九
　　九（图版说明称"佩巾""香粉盒"），科学出版社二〇〇一年。

〔6-7-1〕
鸿雁纹银穿心盒
日本奈良大和文华馆藏

〔6-7-2〕
穿心盒
内蒙古巴林左旗白音敖包乡出土

〔6-7-3〕
穿心盒
南京西天寺宋墓出土

〔6-7-4〕
银錾牡丹双凤穿心盒
扬州明代火金墓出土

〔6-7-5〕
金穿心盒
湖北蕲春明荆恭王朱翊钜夫妇墓出土

〔6-7-6〕
金穿心盒
湖北蕲春明永新王朱厚熿夫妇墓出土

时，遂从袖里取出金穿心盒来，"郑爱月儿只道是香茶，便要打开"，西门庆却道："不是香茶，是我逐日吃的补药。"所谓"补药"，原是得自胡僧的春药。

穿心盒里置放此类物事，似也不是蹈空之笔，且不论作者是否有所凭借，看官总会想到唐人蒋防《霍小玉传》里的一节：小玉为李生所负，饮恨而亡，此后李生的日子便不得安宁，娶妻纳妾而每每生出些白日作怪的故事。一日李生自外归，妻子卢氏方鼓琴于床，"忽见自门抛一斑犀钿花合子，方圆一寸馀，中有轻绢，作同心结，坠于卢氏怀中"。合子，即盒子，它的"中有轻绢，作同心结"，原是未曾开启时所见，那么轻绢自然不是盒中物，"中有"之"中"，该是穿盒而过的意思，那么这一个小小的"斑犀钿花合子"，正是通常随身带着的穿心盒。"生开而视之，见相思子二，叩头虫一，发杀觜一，驴驹媚少许。生当时愤怒叫吼，声如豺虎，引琴撞击其妻，诘令实告"。相思子，叩头虫，发杀觜，驴驹媚，都是带着色情含义的物事[1]，李生所以要有一番咆哮。再回过头来看《词话》，第七十九回西门庆之死，正是特特系在

---

[1] 周绍良《唐传奇笺证》，页175～177，人民文学出版社二〇〇〇年。

这纳于袖中满盛色欲的穿心盒上，而第四回"淫妇背武大偷奸"，道西门庆"向袖中取出银穿心、金裹面、盛着香茶木樨饼儿来，用舌尖递送与妇人"，一始一终，前后照映，穿心盒之"穿心"二字，竟好像是双关语，至此更教人会得《词话》作者运用物色构筑情节的缜密之思。

鞋尖儿上扣绣鹦鹉摘桃

　　打双陆、抹骨牌，游园、掐花，做针线，这是西门庆发达之后，一众家眷平日里的消闲，也是明代风俗画上常有的情景，如杜堇《仕女图》、佚名《汉宫春晓图》，后者虽用了"汉宫"的名义，所绘实为当代生活。《金瓶梅词话》第三十回，"那潘金莲见李瓶儿待养孩子，心中未免有几分气，在房里看了一回，把孟玉楼拉出来，两个站在西稍间檐柱儿底下，那里歇凉，一处说话"。《汉宫春晓图》中闲闲一笔绘出个檐柱儿底下妇人立着说话的情景，竟也可巧与《词话》的这一处叙事对应〔图7-1〕。生活中常有的光景，喜欢写实的画家和小说家不约而同捕捉到了。当然小说家还可以凭着挥洒文字讲述更多的故事。

　　《词话》第二十九回，潘金莲"拿着针线筐儿，往花园翡翠轩台基儿上坐着，那里描画鞋扇，使春梅

〔7-1〕
明佚名《汉宫春晓图》局部
辽宁省博物馆藏

请了李瓶儿来到"。李瓶儿问道："姐姐，你描画的是甚么？"金莲道："要做一双大红光素段子白绫平底鞋儿，鞋尖儿上扣绣鹦鹉摘桃。"李瓶儿道："我有一方大红十样锦段子，也照依姐姐描恁一双儿。"

"鞋尖儿上扣绣鹦鹉摘桃"，大约是当日鞋扇上常用的绣样，相同式样的鞋儿，《词话》中不止一次提到[1]。"鹦鹉摘桃"当是从杜诗"鹦鹉啄金桃"而来，元明时代成为流行图案〔图7-2-1、2〕，展陈于美国大都会博物馆的山西洪洞广胜下寺元代壁画《药师经变》中的佛前供养，一左一右，皆绘的是鹦鹉摘桃〔图7-2-3〕。明代簪钗也或取它为样范〔图7-2-4〕，用作妆点绣鞋也很自然。不过从明代女子的缠足方式来看，扣绣在鞋尖儿上的鹦鹉摘桃，除了绣样之外，还有一半很可能是得自借势。

与清代所谓"三寸金莲"不同，明代女子缠足的方式近同于南宋，即由后向前愈细愈窄，缠作拇

---

[1] 第六十二回，李瓶儿病亡，月娘一众妇人乱着给瓶儿穿衣裳，李娇儿因问："寻双甚么颜色鞋，与他穿了去？"潘金莲道："姐姐，他心里只爱穿那双大红遍地金鹦鹉摘桃白绫高底鞋儿，只穿了没多两遭儿。倒寻那双鞋出来，与他穿了去罢。"吴月娘道："不好，倒没的穿上阴司里，好教他跳火坑。你把前日门外往他嫂子家去，穿的那双紫罗遍地金高底鞋，也是扣的鹦鹉摘桃鞋，寻出来与他装绑了去罢。"

〔7-2-1〕
杜甫诗意图青白瓷盘
出自韩国新安沉船

〔7-2-2〕
鹦鹉衔桃银饰片
湖南攸县凉江乡元代银器窖藏

〔7-2-3〕
山西洪洞广胜下寺元代壁画
《药师经变》局部
美国大都会博物馆展陈

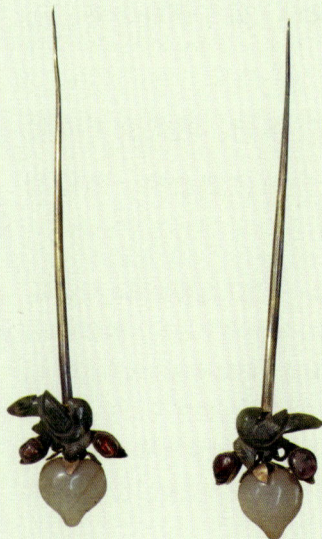

〔7-2-4〕
银鎏金镶玉鹦鹉衔桃嵌宝簪
北京定陵出土

指高翘的足尖然后反向勾曲如鸟喙[1]，看看江西德安
南宋咸淳十年墓出土罗袜、浙江衢州南宋史绳祖墓出
土"罗双双"银鞋杯〔图7-3-1、2〕，便足以明了。以履
头高翘为尚，原是一种传统审美。先秦时代已有履头
高起略向后卷的样式，称作"绚屦"或"绚履"。《荀
子·哀公》"然则夫章甫、绚屦、绅而搢笏者，此贤
乎"，杨倞注引王肃说："绚谓屦头有拘饰也。"这里
的绚屦与章甫、绅带合穿，便成礼服，此后的舆服
制度中也每有"绚履"一项[2]。当然它本不限于礼服，
也不限于男女，常州戚家村南朝墓出土画像砖中单
手拈一个博山炉的小鬟，裙下翻出的即是前端勾起
且极力夸张的一双高头履〔图7-4-1〕。唐代女鞋式样颇
多，高头履是最为常见的一种。山西万荣唐薛儆墓石
椁线刻画中的裹头宫人〔图7-4-2〕、西安西郊纺织厂出
土唐三彩侍女〔图7-4-3〕，不论圆领袍还是曳地长裙，
下边露出的都是鞋端尖翘的高头履。烟台市博物馆藏
一双辽三彩女鞋，式样与唐代相差不多〔图7-4-4〕。缠
足以窄尖为美也是元代风尚，并且鞋端依然后卷，喻

[1] 虽有宋代实例，但看起来实在残忍，不展示也罢。

[2] 如《后汉书·明帝纪》："二年春正月辛未，宗祀光武皇帝于
明堂，帝及公卿列侯始服冠冕、衣裳、玉佩、绚屦以行事。"

〔7-3-1〕
罗袜
江西德安南宋咸淳十年墓出土

〔7-3-2〕
"罗双双"银鞋杯
浙江衢州南宋史绳祖墓出土

〔7-4-1〕
画像砖
常州戚家村南朝墓出土

〔7-4-2〕
裹头宫人
山西万荣唐薛儆墓石椁线刻画

〔7-4-3〕
唐三彩侍女像
西安西郊纺织厂出土

〔7-4-4〕
辽三彩鞋
烟台市博物馆藏

〔7-5〕
彩绣凤头鞋
河北隆化鸽子洞元代窖藏

为凤头，拟作鹦鹉，都很惬当。元乔吉〔仙吕·赏花时〕《睡鞋儿》"双凤衔花宫样弯"，张可久〔中吕·迎仙客〕《春思》"鱼尾钗，凤头鞋，花边美人安在哉"[1]，词曲中的这一类描写，实在不少。不过从出土实物——如河北隆化鸽子洞元代窖藏中的彩绣凤头鞋——来看〔图7-5〕，鞋端的后卷并不很明显，似更以尖窄为特色[2]。

明代妇人鞋或可视作宋元样式的合流，即细窄而

[1] 隋树森《全元散曲》，页636，页933，中华书局一九六四年。

[2] 相关考证，见黄时鉴《元代缠足问题新探》，载《大漠孤烟：蒙古史·元史》，中西书局二〇一一年。

鞋尖后勾，是所谓"双弯尖趫红鸳瘦小鞋"[1]，当然缠足之痛也更加惨苦。鞋有平底，也有高底，鞋帮缘边用彩线锁出山子等花样，《词话》第二十九回于此都道了个备细。后跟又做出提系，便是《词话》第二十八回说到的"鞋拽靶儿""大红提根儿"。嘉兴王店李家坟明李湘夫妇墓出土四合如意云暗花缎鞋，长24厘米，前脸和鞋尖儿环编绣花卉，鞋尖后勾如鹦鹉回首[2]〔图7-6-1〕。江阴博物馆藏明代绣花缎鞋，通长19.2、宽6.4厘米，鞋脸绣一大朵栀子花，后鞋帮上缀着两条带子是提根儿〔图7-6-2〕。江西南城明益宣王墓出土孙妃的锦鞋和绣花锦鞋共三双，两双平底，一双高底。高底的绣花锦鞋底长14.2、宽5.5厘米，两边鞋帮绣缠枝莲花，一直通贯到鞋尖，鞋尖同样是鹦鹉回首式，层叠的棉布纳作高底，外面裹一重锦料，后跟鞋帮上从里向外翻出一方锦片，上面绣着缠枝菊

[1]《金瓶梅词话》第十一回，金莲和玉楼都是"双弯尖趫红鸳瘦小鞋"。第十三回，李瓶儿"白纱挑线镶边裙，裙边露一对红鸳凤嘴"。第五十九回，郑爱月儿"下穿紫绡翠纹裙，脚下露一双红鸳凤嘴"。

[2] 同墓出土有"大明嘉靖二十二年大统历"，入葬年代大约在此后不久。嘉兴博物馆《明器载道：嘉兴博物馆馆藏文物·明墓古器》，中华书局二〇一六年。

〔7-6-1〕
四合如意云暗花缎鞋
嘉兴明李湘夫妇墓出土

〔7-6-2〕
绣花缎鞋
江阴博物馆藏

〔7-6-3〕
绣花锦鞋
江西南城明益宣王墓出土

〔7-6-4〕
玉鞋杯
山东邹城中心镇明墓出土

花，当也是用作提根儿[1][图7-6-3]。

以这一类常见的式样而论，"鞋尖儿上扣绣鹦鹉摘桃"，或许止须在鞋脸儿上绣出连枝带叶的桃子，借了鞋尖儿的式，便可成就。由出自明墓的一对玉鞋杯，正可见其大概[图7-6-4]。

词曲赋咏女鞋多为狎妓之作，难得有徐文长一首尽见人间至情的悼亡篇，——《徐渭集·徐文长三集》卷五《述梦》二首之二："跣而濯，宛如昨，罗鞋四钩闲不着。棠梨花下踏黄泥，行踪不到栖鸳阁。"《词话》也每借妇人鞋来做文章，比如第二十八回潘金莲一只红睡鞋的失与得，及至金莲要把西门庆"宝上珠也一般"藏了的宋惠莲的一只睡鞋"剁做几截子撂到毛司里去"，然而如《述梦》一般的人间至情却是没有的。当然，这也正是它的独特之处。

---

[1] 孙妃卒于万历十年。江西省文物工作队《江西南城明益宣王朱翊钔夫妇合葬墓》，《文物》一九八二年第八期。

螺甸厂厅床

　　《词话》中与故事情节相关的床有好几张，分别
属于孟玉楼、潘金莲、李瓶儿。最先出现的是玉楼的
床。第七回，卖翠花儿的薛嫂儿为西门庆说亲，道孟
玉楼"手里有一分好钱，南京拔步床也有两张"。娶
玉楼到家，床自然做了陪嫁，而紧接着就派了用场。
第八回，"六月十二日就要娶大姐过门，西门庆促忙
促急，攒造不出床来，就把孟玉楼陪来的一张南京描
金彩漆拔步床陪了大姐"。

　　再看潘金莲的床。第九回，西门庆与潘金莲合谋
害死武大，随后娶金莲到家，"旋用十六两银子买了
一张黑漆欢门描金床"。然而过不多日子，为着潘金
莲的"争强不伏弱"，这张床就换掉了。第二十九回，
西门庆来到金莲床房中，"掀开帘栊进来，看见妇人
睡在正面一张新买的螺甸床上。原是因李瓶儿房中安

着一张螺甸厂厅床，妇人旋教西门庆使了六十两银子，也替他也买了这一张螺甸有栏杆的床。两边槅扇都是螺甸攒造，安在床内，楼台殿阁，花草翎毛。里面三块梳背，都是松竹梅岁寒三友。挂着紫纱帐幔，锦带银钩，两边香球吊挂"。既是比着李瓶儿，则两张床该是一样的，且价钱也相当，这在后文都有回应。

三个人的三张床，在西门庆死后都各有了局。第九十六回，已是守备夫人的春梅重访旧家池馆，到了金莲房里，但见"止有两座橱柜，床也没了"，因问小玉，小玉道："俺三娘嫁人，赔了俺三娘去了。"三娘即孟玉楼[1]。月娘走到跟前说："因有你爹在日，将他带来那张八步床赔了大姐，在陈家，落后他起身，却把你娘这张床，赔了他嫁人去了。"春梅道："我听见大姐死了，说你老人家把床还抬的来家了。"月娘道："那床没钱使，只卖了八两银子，打发县中皂隶，都使了。"停会儿春梅又问起昔日李瓶儿的螺钿床怎的也不见，月娘道：也是家中没盘缠，卖了。春梅

---

[1] 此事在前面先已交代：第九十一回，玉楼改嫁李衙内之日，"原旧西门庆在日，把他一张八步彩漆床陪了大姐，月娘就把潘金莲房那张螺钿床陪了他"。

问："卖了多少银子？""止卖了三十五两银子。""可惜了的那张床，当初我听见爹说，值六十两多银子，只卖这些！"张竹坡评点这一回，道它"乃一部翻案之笔点睛处也。向日写瓶儿，写金莲等人，今皆一一散去。使不写春梅一寻旧游，则如流水去而无漾回之致，雪飘落而无回风之花，何以谓之文笔也哉"。"又见此成彼败，兴亡靡定，真是哭杀人、叹杀人"。所谓叙事有"漾回之致"，在此把三个妇人的三张床一一结果，也正是撩起微澜的一笔。且不论春梅之问、月娘之答，各含机锋，各见性情，各有前后之呼应，止看这几张床是何等物色。

"拔步床"，《金瓶梅鉴赏辞典》说它"又称踏步床、八步床，是一种结构高大的木床。下有承托全床的木板平台，床前沿有小廊，廊上设立柱，柱间安栏干。床边和床下分别附有小柜、抽屉。四角竖有挂帐子的支架。在《鲁班经匠家镜》中，大型的拔步床，称大床，一般的拔步床，称凉床。区别在于，前者四壁有如小屋，床顶为木板；后者四壁透风，床顶由木框做成"[1]。明陆噱云《世事通考·木器类》中列

---

[1] 上海市红楼梦学会等《金瓶梅鉴赏辞典》，页688，上海古籍出版社一九九〇年。

有"拔步床、碧纱厨"，碧纱厨下注云："即有门檐床也，今呼为穿衣亭，以碧纱为幔，故名。"则此碧纱厨当是大型的拔步床。拔步床靠墙的一面内里或做出一道横向贯通并设有栏杆可以置物的床阁板，两端设抽屉。《金瓶梅词话》第二十九回中说道，潘金莲"又向床阁板上方盒中，拿果馅饼与西门庆吃"，可见它的使用。扬中博物馆收藏的两件清代雕花架子床，犹存如此形制〔图8-1-1、2〕。其中一件抽屉已失，另一件抽屉完好。《天水冰山录》"一应变价螺钿彩漆等床"一项中，八步床与凉床乃是分别列出，而八步床又分大床和中床两种，凉床一类则又单列出小凉床一种，并各有估价："螺钿雕漆彩漆大八步等床五十二张，每张估价银一十五两"；"彩漆雕漆八步中床一百四十五张，每张估价银四两三钱"；"描金穿藤雕花凉床一百三十张，每张估价银二两五钱"；"山字屏风并梳背小凉床，一百三十八张，每张估价银一两五钱"。与《词话》中的价钱相比，这里的估价低了很多，抄没物资之变卖与市场价不同，旧床与新床不同，大约都是原因之一。

拔步床属于大型家具，以实用为主，古代不入收藏，因此传世品中明代的实例很少，出土者多为明器。山西长治郊区针漳村明墓出土明器中有黄绿釉拔

〔8-1-1〕
雕花架子床之一局部
扬中博物馆藏

〔8-1-2〕
雕花架子床之二局部
扬中博物馆藏

步床，上海明潘允徵墓、苏州明王锡爵墓出土明器有木制的拔步床〔图8-2-1~3〕。传世品例子，有美国纳尔逊美术馆收藏一张明黄花梨拔步床〔图8-2-4〕。孟玉楼手里的"南京拔步床也有两张"，当属这一类式样。它也是《天水冰山录》列出的大八步床。同书列出的"山字屏风并梳背小凉床"，山东邹城明鲁荒王墓出土明器中的朱漆木架子罗汉床是一例，——床的左、右、后三面有整板围子，板上用木条贴出栏格，即所谓"山字屏风并梳背"，明万历四十四年刊本《月露音》插图中的床，则是"里面三块梳背"的样式〔图8-3-1、2〕。《词话》第三十四回，西门庆的书房内，"里面地平上安着一张大理石黑漆缕金凉床"，便是这一类，大理石是嵌在山字屏风上。

"黑漆欢门描金床"，《金瓶梅鉴赏辞典》释曰："'欢门'，《梦粱录·面食店》：食店'近里门面窗牖，皆朱绿五彩装饰，谓之欢门'。'黑漆欢门描金床'，当指黑漆描金床的前面有五彩装饰者。"不过既曰黑漆描金，则不应再有"五彩装饰者"。这里的欢门，或指床前的镂空花罩，比如今藏故宫博物院的一张明黄花梨月洞式门罩架子床〔图8-4-1〕，它应属于《天水冰山录》列出的八步中床。

"厂厅"，即敞厅，有栏杆的厂厅床，式样当如前

〔8-2-1〕
黄绿釉拔步床（明器）
山西长治郊区针漳村明墓出土

〔8-2-2〕
拔步床（明器）
上海明潘允徵墓出土

〔8-2-3〕
拔步床（明器）
苏州明王锡爵墓出土

〔8-2-4〕
明黄花梨拔步床
美国纳尔逊美术馆藏

〔8-3-1〕
朱漆木架子罗汉床（凉床，明器）
山东邹城明鲁荒王墓出土

斗帐藏春只昼眠

〔8-3-2〕
《月露音》插图
万历四十四年刊本

〔8-4-1〕
明黄花梨月洞式门罩架子床
故宫博物院藏

举几座墓葬出土明器中的大拔步床。明王玉峰《焚香记》传奇第二十二齣，金大员外设计诈娶敫桂英，遂吩咐手下"将西厅嵌八宝螺蛳结顶黑漆装金细花螺甸象牙大拔步床，作急星夜搬装十二透明楼下，待我回来成亲"，也是一张黑漆螺钿八宝嵌、有栏杆的厂厅床。螺钿敞厅床是拔步床中最考究的一种，价钱也最高，虽然《金瓶梅词话》与《天水冰山录》中列举的价钱相差不少，但与其他种类的床相比，螺钿大拔步床居首，则是一样的。螺钿大拔步床存世更少，今藏故宫博物院的一张黑漆螺钿花蝶纹架子床，是明末清初物。四面平式，四角立矩形柱，两边矮围子，后沿两柱间嵌大块背板[1]〔图8-4-2〕。不过它仍属八步中床，比有栏杆的敞厅床尚差了一等。曾在日本京都藤井有邻馆看到一张明代螺钿拔步床，高近两米三，前有敞厅，两边安着槅扇，通体黑漆，螺甸攒造，遍施楼台殿阁、花草翎毛、麒麟瑞兽、仙人乘槎〔图8-5〕。传说是明太祖用过的，但恐怕也只是传说，不过它的样式与装饰方法却是与《词话》中的描述颇为相似。螺

---

[1] 床系岳彬旧藏，长209.5、宽112.2、高211.2厘米，座高47.8厘米。《故宫博物院藏明清家具全集·3·床榻》，故宫出版社二〇一五年。

〔8-4-2〕
黑漆螺钿花蝶纹架子床（正面、侧面）
故宫博物院藏

〔8-5〕
明黑漆螺钿拔步床
日本京都藤井有邻馆藏

甸厂厅床，此可以当之。

回过头来再看春梅与月娘关于三张床的最末一番对话——"早知你老人家打发，我倒与你老人家三四十两银子，我要了也罢。"月娘道："好姐姐，诸般都有，人没早知道的。"

单单儿怎好拿去

先秦至明清，漆盒始终是日常生活中派了多种用场的器具，主要有两大用途，一是置放自家日常用物，一是相互递送物事。关于后者，元熊梦祥《析津志·风俗》一节说道："又有红漆四方盒，有替者盛诸般果子，仍以方盘铺设案上。若官员、士庶、妇人、女子，作往复人情，随意买送，以此方盘不分远近送去。此盒可以蔽风沙，并可收拾，并远年之器。"这里说到的"替"，便是设在盒里的浅盘，略如后世之屉。如果只有一屉，那么多是做成口沿外翻，使它刚好坐在盒口。"往复人情"云云，则即相互递送人事。这里没有提及是否"回盒"，不过此前的送礼通常是连同包装的。唐宋时代的礼帖不仅条列礼物名目、式样，而且不厌其详具陈置物器具的质地、形制乃至细微及于锁钥。友朋、同僚、君臣以及政权之间的往来，都是如此。即便在流通领域，发付旧物的时候，也要有放置此物的匣盒，才能使收购者高看[1]。

明清时代，漆盒的使用更为普遍。明人编纂日用小百科《世事通考》中的"漆器"一项里，箱盒之类占了大半，如缄装、果盒、馔盒、酒箱、食箱、皮匾、镜匣、帽匣、帽盠(原小字注：音禄)、花盠、食盒、拜帖匣、头巾箱，等等。缄装，又作检装、拣妆或鉴妆，便是妆盒。明建文刻本《皇明典礼》条举亲王妃并公主妆奁名目，"间抹金金银器"项下有"鉴妆一副"，注云："粉子一个，粉扑一个，托盘一个，胭脂盒一个。"此虽言银器，漆器自然也是一样的。帽盠、花盠，当是盖顶四角斜下的盠顶盒子，汉代以来即为妆具常常取用的式样。登录嘉靖权相严嵩抄没之家产的《天水冰山录》，有"一应变价盘盒竹木家火磁器等项"，其中列有雕漆盘盒、漆描金盘盒、抬盒抬箱、各样果盒、竹丝旧攒盒、各色冠带盒、大小木

---

[1] 南宋商业手册《百宝总珍集》中的"收接"一项特别提到收购旧物的时候，某物有无放置它的匣子，是标准之一。这一项起首的一个口诀便是："物凭匣仗好发付，无匣交割子细看。划地袖中多疏失，不如休接便心安。"下面解释道："凡收接七宝易碎之物，先子细看验有无破损去处，如有匣仗，抬举美看；如无匣仗，多疏少失。""划地袖中"，则即直接从袖子里掏出来，这同置放在匣盒里就不是一个等级了。

盒、磁大小香盒诸般名目，每类数量多在一二百件，惟"漆描金盘盒"一类是五百三十一个。显宦、士绅、富商之家的日用匣盒，数量也不会少。仇英《清明上河图》中绘街边的一家漆器铺，门口高张"各样描金漆器"，画面中货架和柜台上的漆器实以各样匣盒为多〔图9-1〕。明杜堇《仕女图》长卷中也有朱漆盒、黑漆描金的大捧盒现身其间〔图9-2〕。

漆盒有各式造型：圆及椭圆，四方、八方及长方，又或肖形如瓜、桃、石榴、柿子，用宋元人的说法便是"象生"。又有由节令时物演变而来的吉祥物，如方胜、叠胜、银锭。尺寸大的捧盒多用作攒盒，多撞的提盒宜为食盒，高濂《遵生八笺·燕闲清赏笺上》"论剔红倭漆雕刻镶嵌器皿"所云"春撞"，即此，因它也名春盛，这里包括了圆盒与方匣，大英博物馆藏黑漆螺钿八方盘图案中正有春盛的使用情景〔图9-3〕。尺寸小的雕漆圆盒，多用作香盒，高濂说到的"四五寸香盒以至寸许者"，又或"两面俱花"者，是此类。《西游记》第九十六回形容寇员外家佛堂陈设，道是"古铜炉，古铜瓶，雕漆桌，雕漆盒"，"雕漆桌上五云鲜，雕漆盒中香瓣积"。《金瓶梅词话》第五十二回翡翠轩中床边香炉旁的"香盒儿"，大约也是这一类。上海闵行马桥镇明道士顾守清墓尚出土一

〔9-1〕
仇英《清明上河图》局部
辽宁省博物馆藏

〔9-2〕
杜堇《仕女图》局部
上海博物馆藏

〔9-3〕
春盛·黑漆螺钿八方盘图案局部
大英博物馆藏

枚永乐款剔红茶花图盒，直径 5.6 厘米，正是香盒的样式和尺寸〔图9-4-1〕。南京博物院藏一件明方如椿制黑漆描金盒，盒长 51.2、宽 33.7、通高 13.8 厘米，盖内、盒底均有"崇祯癸未方如椿造"金字款。盒盖四面立墙竹丝编，底端有壸门式足，盖面黑漆描金一幅东山报捷图〔图9-4-2〕。《天水冰山录》中列举的竹丝攒盒，这一件竹丝漆盒可以当之。它自然也是方便放置攒盘的，安徽博物院藏造型和尺寸相近的一件正好可以同看。漆盒长 50.3、宽 31、通高 11.3 厘米，时代约当明末。漆盒四面边墙用细竹丝编作斜向卍字

〔9-4-1〕
永乐款剔红茶花盒
上海闵行区明道士顾守清墓出土

〔9-4-2〕
方如椿制东山报捷图黑漆描金竹丝盒
南京博物院藏

〔9-4-3〕
荷亭雅集图描金彩绘竹丝攒盒
安徽博物院藏

纹，盒里是两种样式的十一个攒盘，攒盘里面都髹红漆，中间的三个，外缘是黑漆描金缠枝莲，两边的八个是红漆描金缠枝花草。盖面开光里描金彩绘一幅荷亭雅集图〔图9-4-3〕。盒里放上几样下酒的凉菜和干鲜果品，便也称果盒。《金瓶梅词话》第二十七回，"远远只见春梅拿着酒，秋菊掇着果盒"，"西门庆一面揭开盒，里边攒就的八橊细巧果菜：一橊是糟鹅胗掌，一橊是一封书腊肉丝，一橊是木樨银鱼酢，一橊是劈晒雏鸡脯翅儿，一橊鲜莲子儿，一橊新核桃穰儿，一橊鲜菱角，一橊鲜荸荠"。

盒虽然有名称的分别，但用途却并不固定。元《金水桥陈琳抱妆盒杂剧》第二折：〔正末抱妆盒上云〕"自家陈琳的便是。万岁爷赐我这黄封妆盒，到后花园采办时新果品，去与南清宫八大王上寿。"这是用了妆盒去采办时新果品。《词话》第四十四回，李瓶儿分付迎春，"定两盏茶儿，拿个果盒儿"，"银姐不吃饭，你拿个盒盖儿，我拣妆里有果馅饼儿拾四个儿来，与银姐吃罢"。"拣妆"，便是前引《世事通考》中列举的"缄装"，吴月娘的拣妆里也还放着六安茶。按照明代通俗类书《增补易知杂字全书》中的图示，它的一般样式是个盝顶的方盒。而名作"食盒"者，也并不是专用。《词话》第十四回，李瓶儿将金银细软交付西门庆收贮，"西门庆听言大喜，即令来旺儿、玳安儿、来兴、平安四个小厮，两架食盒，把三千两金银先抬来家"。可见除了吃食之外，食盒也不妨按照需要随时派作他用。浙江省博物馆藏两件黑漆螺钿盒，图案都是薄螺钿镶嵌，一个直径25.5厘米，高14.4厘米，盖面一幅月下焚香抚琴图，是元末明初的制品。另一个是明代黑漆螺钿八方盒，口径 31×27.3 厘米，五层立墙和盖面的主图用薄螺钿分别镶嵌二十四孝图。这两件都可用作果盒与食盒〔图9-5-1、2〕。

名作拜匣的一类，用途就更广。当然第一是盛放拜帖、请帖及礼帖。主人出门访客，由跟随的仆人手持。《词话》第五十八回，西门庆请了温秀才作西宾，遂拨了画童儿服侍他，"替他拿茶饭，舀砚水。他若出门望朋友，跟他拿拜帖匣儿"。仇英《清明上河图》的街景中有与此大致对应的主仆二人〔图9-6〕。拜帖匣儿又或称作书箧。《词话》第二十八回先道秋菊从藏春坞西门庆的书箧内寻出宋惠莲的一只绣鞋，后面又是潘金莲拿此事唝道西门庆把绣鞋收在"藏春坞雪洞儿里，拜帖匣子内，搅着些字纸和香儿一处放着"。拜匣又差不多是出门时候的随身物品，也正因为如此，它不仅仅用作置放拜帖和笔墨，举凡银钱、票据、契约、图章、首饰，珍好之雅玩，常用之药物，都不妨纳入其中，可以说，正用之外，拜匣另外再放其他物事其实是任随人意，并且大小不拘的。《词话》第五十七回，"且说西门庆听罢了薛姑子的话头，不觉心上打动了一片善念，就叫玳安取出拜匣，把汗巾上的小钥匙儿开了，取出一封银子"。拜匣通常的样

月下抚琴图黑漆螺钿盒
浙江省博物馆藏

二十四孝图黑漆螺钿盒
浙江省博物馆藏

〔9-6〕
仇英《清明上河图》局部
辽宁省博物馆藏

〔9-7〕
紫檀拜匣
上海宝山区明朱守城夫妇墓出土

式是长方而略扁，若用紫檀或花梨等硬木，本色便好。若制为漆木盒，式样就更多。上海宝山顾村镇明朱守城夫妇墓出土一件紫檀长方盒，为男主人的随葬物。盒长26.2、阔16.3厘米，内里分作上下两格，出土时里面放着木梳三枚〔图9-7〕。上海闵行马桥镇明道士顾守清墓出土描金长方漆盒，长22、宽9.5厘米，内分上下两层，上层盛木梳，下层放了刷挄等物。今仅存盒盖[1]。

关于漆盒的使用，《词话》也是不吝惜笔墨，特别是礼尚往来之间。第十五回，道正月十五是李瓶儿的生日，“西门庆这里，先一日差小厮玳安，送了四

---

[1] 何继英《上海明墓》，页125，彩版七五：3、彩版三，文物出版社二〇〇九年。前件报告称之为“紫檀梳妆盒”。

盘羹菜，两盘寿桃，一坛酒，一盘寿面，一套织金重绢衣服"，写了吴月娘的名字，送与李瓶儿做生日。"李瓶儿一面分付迎春外边明间内放小桌儿，摆了四盒茶食，管待玳安"，"两个抬盒子的与一百文钱"。"随即使老冯儿用请书盒儿，拿着五个束帖儿，十五日请月娘与李娇儿、孟玉楼、潘金莲、孙雪娥"。短短一节叙事，两番人情往来，却少不得要有几种不同的盒子穿插其间。西门庆送的寿礼，先是没提如何送至，但后文道李瓶儿给了两个抬盒子的一百文钱，可知这份人事是装在多层亦即三撞或四撞的漆盒里雇人抬的来，其情景即如仇英《清明上河图》中所绘〔图9-8〕。李瓶儿管待玳安，小桌儿上摆了四盒茶食，此茶食盒也或称作茶盒，《词话》第四十三回，吴月娘分付玉箫管待两个唱的，也是"一面放下桌儿，两方春榼，四盒茶食"。"春榼"，乃攒盒一类，如前面举出的竹丝攒盒。末后瓶儿派了老冯送束帖儿，束帖儿必要用着请书盒儿，此请书盒儿，也称作拜匣、拜帖匣，多取用漆木器。《西游记》第八十九回，黄狮精将设钉耙会，派了小妖去请老妖王，那小妖免不得也要"左胁下挟着一个彩漆的请书匣儿"。

　　束帖儿不可徒手递送，讲究者，礼物往来也是如此，而不论大小多少。《词话》第十回，西门庆家的

〔9-8〕
仇英《清明上河图》局部
辽宁省博物馆藏

小厮玳安领下李瓶儿使唤的绣春来见，"一个小女儿，才头发齐眉儿，生的乖觉，拿着两个盒儿"，"走到西门庆、月娘众人跟前，都磕了头，立在旁边，说：'俺娘使我送这盒儿点心，并花儿，与西门大娘戴。'揭开盒儿看，一盒是朝廷上用的果馅椒盐金饼，一盒是新摘下来鲜玉簪花儿"。

礼盒往往还要回送。《词话》第四十一回，乔亲家使孔嫂儿押担子给李瓶儿送了生日礼来，受礼的这边一面待茶，"一面打发回盒起身"。同书第四十二回，"十四日早装盒担，教女婿陈经济，和贲四穿青衣服押送过去。乔大户那边酒筵管待，重加答贺，回盒中回了许多生活鞋脚，俱不必细说"。所谓"回盒"，也常常是用送礼来的原盒。《词话》第四十五回，月娘"教玉箫将他那原来的盒子，装了一盒元宵，一盒白糖薄脆"。这是回李桂姐的一份。同一回，腊梅来接吴银儿，月娘遂分付玉箫"拿他原来的盒子，装了一盒元宵，一盒细茶食，回与他拿去"。

匣盒每用于递送人事，更要讲究制作精巧。有心人往往会斟酌器与物的配合使用，细心选择样式，用色彩或纹样营造视觉效果，当然这也是传统。白居易《与沈杨二舍人阁老同食敕赐樱桃玩物感恩因成十四韵》句云"清晓趋丹禁，红樱降紫宸""圆转盘倾玉，鲜明笼透银"。诗题所谓"玩物"之"物"，自也包括盛着樱桃的银丝笼，"鲜明笼透银"，正是令人爱喜的视觉效果。这是借助色彩，也还不妨借助造型和纹样。虽然器具在消费者手里究竟派作什么用场，常依个人所好，并无一定之规，不过总有一个约定俗成的时代风习。《词话》中关于各样盒子的使用，也正是时代风习的细节展示。

擅长以"物"叙事的《词话》作者自然也没有放过以盒的使用来做足文章。小说里不同场合的盒子有各种样式，也涉及好几种工艺，如雕漆、螺钿、戗金、描金，而下笔自有斟酌。比如铺排场景。第四十一回，在乔大户家的宴席上，月娘做主，把李瓶儿生养的官哥儿与乔大户家的长姐结了儿女亲家，于是"月娘一面分付玳安、琴童快往家中对西门庆说，旋抬了两坛酒、三匹段子、红绿板儿绒金丝花、四个螺甸大果盒"。又比如彰显身分。第三十二回，"两个青衣家人，戥金方盒拿了两盒礼物：炒红官段一匹，福寿康宁镀金银钱四个，追金沥粉彩画寿星博浪鼓儿一个，银八宝贰两"。此是西门庆庆生儿，薛太监送的礼。薛太监在《词话》里也称作薛内相，是派驻山东清河地方专管皇庄的太监，与管砖厂的刘太监同为西门庆所交往的重要官场人物。所云"戥金方盒"，当即戗金方盒。刘若愚《酌中志》卷十六"甜食房"条说道，"掌房一员，协同内官数十员。经手造办丝窝虎眼等糖，裁松饼减炸等样一切甜食。于内官监讨取戗金盒装盛，进安御前，兼备进赐各官及钦赐阁臣等项"，所记为万历至崇祯初年的宫中规制。可知薛太监的"戗金方盒"，并非全无来历。同样是送给官哥儿的见面礼，西门庆的盛宴上，月娘教奶子如意儿抱出官哥儿来，应伯爵与谢希大却是"每人袖中掏出一方锦段兜肚，——上着一个小银坠儿，惟应伯爵是一柳五色线，上穿着十数文长命钱"。这是"单单儿"从袖子里掏出来，也正与二人身分相符。

第七十一回，王经和西门庆说，他姐姐王六儿托他到翟谦翟管家府上去看看爱姐，捎上几样物事。西门庆问："甚物事？"王经道："是家中做的两双鞋脚手。"西门庆道："单单儿怎好拿去？"分付玳安："我皮箱内有稍带的玫瑰花饼，取两罐儿，用小描金盒儿盛着。"这才教王经往府里看爱姐。翟谦是蔡京的大官家，西门庆与蔡京之间的直接牵线人。爱姐是西门庆的伙计韩道国之女，便是西门庆受翟管家之托为他物色的小妾，于是两下里互称"亲家"。既有如此关系，便是"家中做的两双鞋脚手"，如何送达，也要花费一点心思。"单单儿怎好拿去？"既指捎的

物事太显单薄，也是说送礼必要有盛器，且须讲究与
所送之物配合相当。而西门庆行李中用作打点人事的
各式漆木盒正恐怕不止一个。

第六十七回，西门庆为李瓶儿荐亡事毕，妓院的
郑春来了。"那郑春手内拿着两个盒儿，举的高高的
跪在当面，上头又阁着个小描金方盒儿。……揭开，
一盒果馅顶皮酥，一盒酥油泡螺儿"。西门庆又问：
"那小盒儿内是什么？"郑春悄悄跪在西门庆跟前，
揭开盒儿，说："此是月姐稍与爹的物事。""西门庆
把盒子放在膝盖儿上揭开，才待观看，一边伯爵一
手拯过去，打开是一方回纹锦双栏子细撮古碌钱同心
方胜结穗桃红绫汗巾儿，里面裹着一包亲口磕的瓜仁
儿。"《词话》写妓女，于郑爱月儿用的是一副精致笔
墨，见得她虽然也是一般有心计，却偏生善用娇怯、
婉冶和慧巧。酥油泡螺儿的意味，已由在旁边插科打
诨的应伯爵一语道破："死了我一个女儿会拣泡螺儿，
如今又是一个女儿会拣了。""亲口磕的瓜仁儿"，自
然是寄情。《挂枝儿·私部·赠瓜子》："瓜仁儿本不
是个希奇货，汗巾儿包裹了送与我亲哥。一个个都在
我舌尖上过。礼轻人意重，好物不须多。多拜上我亲
哥也，休要忘了我。"又《隙部·扯汗巾》"汗巾儿人

事小，汗巾儿人意多"[1]。可知这份人事样样都是精意挑选，汗巾儿的纹样不曾忽略要它含情脉脉，一个小描金盒自然也花费了心思。却偏有旁边的应伯爵"把汗巾儿掠与西门庆，将瓜仁两把啉在口里都吃了，比及西门庆用手夺时，只剩下没多些儿"，便骂道："怪狗才，你害馋痨馋痞！留些儿与我见见儿，也是人心。"伯爵道："我女儿送来，不孝顺我，再孝顺谁？我儿，你寻常吃的勾了。"随后西门庆"把汗巾收入袖中"，分付王经："把盒儿掇到后边去。"小描金盒里装的一番柔情蜜意，登时被悉数消解。而这才是《金瓶梅词话》独有的精采。

---

[1]《明清民歌时调集》上册，冯梦龙等编述，页56，页143，上海古籍出版社一九八七年。按《扯汗巾》两首末后有冯梦龙的一段评述，可与《词话》相互发明。

酒事

　　说酒事，酒本身自然是第一。此外同样重要的两项便是饮酒方式和酒器。而酒器之名目、时风影响下的酒器之造型与纹饰、酒器在不同场合的使用，又同前两项紧密相关，以此共同构成一个时代的"酒文化"。

　　元代从西域传来蒸馏酒，时名哈剌吉，不过时至明代，出现在南北宴席上的仍以黄酒为多。李时珍《本草纲目》卷二十五"烧酒"条曰："烧酒非古法也，自元时始创其法，……其清如水，味极浓烈，盖酒露也。"又述其利弊，道"烧酒，纯阳毒物也"，"与火同性，得火即燃，同乎焰消。北人四时饮之，南人止暑月饮之。其味辛甘，升扬发散；其气燥热，胜湿祛寒"，"过饮不节，杀人顷刻"。相形之下，黄酒自然温和得多。顾起元《客座赘语》卷九"酒"条曰"士大夫所用惟金华酒"，这是明代中后期时候的

境况。而成书于康熙年间的刘廷玑《在园杂志》卷四
"诸酒"条尚云"京师馈遗，必开南酒为贵重"。直到
晚清梁章钜《浪迹续谈》卷四"绍兴酒"一节仍曰
"今绍兴酒通行海内，可谓酒之正宗"，"实无他酒足
以相抗"。

《金瓶梅词话》故事发生地点的山东清河虽为托
名，但作者选取的素材该是以北方为主，而书中提到
的酒，诸如金华酒、浙江酒、麻姑酒、南来豆酒[1]，
都是南酒，即便烧酒，亦为"南烧酒"，虽然这是很
低档的一类[2]。刘公公送给西门庆的自酿木樨荷花酒，
也还是以黄酒为酒基的配制酒，这些都与史料记载相

---

[1] 明王士性《广志绎》卷四《江南诸省》云两浙各郡邑所出名产
  皆以地得名，所举诸物有"金之酒"，即金华酒。麻姑酒产江
  西，见《本草纲目》卷二十五《酒》。豆酒，宋应星《天工开
  物》第十七《麴蘖》"酒母"条曰："近代浙中宁、绍则以绿豆
  为君，入麴造豆酒，二酒颇擅天下嘉雄。"

[2] 篠田统《中国食物史研究》"明代的饮食生活"一节说道，"酒
  类，连烧酒都标明南烧酒，非常推崇南方的酒，但尚未有绍兴
  酒的名字，通常推举的是金华酒，也能看到苏州三百泉酒的名
  字"。"这时候的白酒不是现在的高粱酒，后者明代称作烧酒或
  者火酒。至于白酒盛夏也要温后喝，这白酒可能和《齐民要
  术》中的用法一样，指的是浊酒"。

一致。因此之故，明代的饮酒通常仍是习惯热饮[1]。只是酒注自元代始已不再流行与温碗合为一副，器中酒冷，可以炉火随时烫热，明人习称为"盪"，有时候所谓"筛"，也是这样的意思。如《词话》第五十七回，西门庆又叫道："开那麻姑酒儿盪来。"第三十五回，"把金华酒分付来安儿就在旁边打开，用铜甁儿筛热了拿来"。又第四十六回，书童道："小的火盆上筛酒来，扒倒了锡瓶里酒了。"明陆噓云《世事通考·酒器类》因列有"既济炉"，其下注云："即水火炉也。"明末话本小说《鼓掌绝尘》第一回记述几人道观饮酒的光景，曰许道士"唤道童把壶中冷酒去换一壶热些的来"，道童便"连忙去掇了一个小小火炉，放在那梅树旁边，加上炭，迎着风，一霎时把酒烫得翻滚起来"。辽宁省博物馆藏明人《汉宫春晓图》中的一段，是三个女子在山石边摆了小桌投壶饮酒，旁边侍女捧着酒注，山石侧后的高桌一侧放着酒坛和炭篮，火炉上坐着酒瓶，炉前侍女持扇，"加上炭，迎

---

[1] 其实清代也还是如此。《红楼梦》第三十八回道黛玉"拿起那乌银梅花自斟壶来，拣了一个小小的海棠冻石蕉叶杯"，斟了半盏，"看时却是黄酒，因说道：'我吃了一点子螃蟹，觉得心口微微的疼，须得热热的喝口烧酒。'宝玉忙道：'有烧酒。'便令将那合欢花浸的酒烫一壶来"。

着风，一霎时把酒烫得翻滚起来"，正是如此情景〔图
10-1-1〕。常用的小火炉便是也用来烹茶的风炉，出现
在明代绘画中的多是如此。不过在实际生活中，盪酒
往往不把盛酒器直接放在炉火上加热[1]，而是置于注
了汤亦即热水的容器，则与炉火直接接触的原是汤
器，如此，在加热过程中方才对酒毫无损伤。且看明
李士达的一轴花卉图，画幅左下方一个火盆，盆中燃
着的炽炭围了一个提梁壶，敞开的壶口露出一截斜插
在里面的瓶颈〔图10-1-2〕，这是盪酒的场景自无疑问。

酒注，明代也称酒壶、执壶，或曰瓶。出现在
《词话》中的鸡脖壶，是酒注的典型样式之一：鼓腹，
修颈，弯流，钩柄，外撇的壶口有盖子，造型略似鸡
嗉连着脖颈的部分。又称金嘀嗉。明何良俊《四友斋
丛说》卷三十四："尝访嘉兴一友人，见其家设客，
用银水火炉、金滴嗉。"《词话》第二十一回："教小
玉拿团靶勾头鸡膝壶，满斟窝儿酒……"勾头，指
弯流。第四十九回则称"团靶钩头鸡脖壶"。典型
样式之又一种，则壶颈短而壶腹圆，开列在《天水
冰山录》严相府浮财中名作"墩子壶"的当是这一

---

[1] 当然用酒壶直接加热是省便之法，这样例子也不少。《金瓶梅
词话》第四十六回，小玉与玳安说："壶里有酒，筛盏子你
吃？"于是"下来把壶坐在火上"。

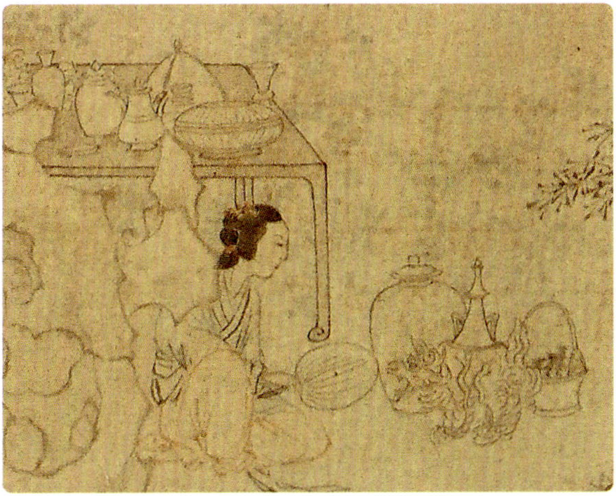

〔10-1-1〕
明佚名《汉宫春晓图》局部
辽宁省博物馆藏

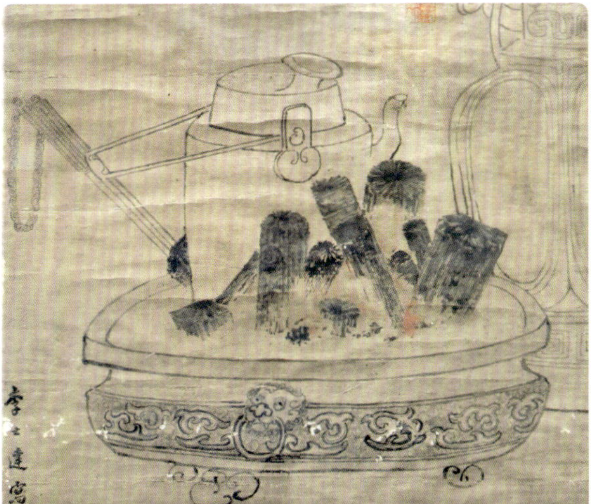

〔10-1-2〕
明李士达花卉轴局部
嘉兴博物馆藏

类。尚有矮短高瘦介于二者之间的一种，常见的称呼便是执壶，如北京城南明万通墓出土的一把金镶宝飞鱼纹执壶〔图10-2-1〕。而不论高瘦抑或矮短，壶腹多做出一个杏叶式开光。所谓"金素杏叶壶""飞鱼杏叶壶""金麒麟杏叶壶"，登录于《天水冰山录》的严府家财此式金壶有十六把。"飞鱼杏叶""麒麟杏叶"，便是在杏叶开光中装饰飞鱼或麒麟。依照这里的名称，北京城南明万贵墓出土的一把金壶，是金素杏叶〔图10-2-2〕；出自湖北钟祥明梁庄王墓的金壶，便是金素杏叶墩子壶〔图10-2-3〕；今藏美国费城博物馆的明代执壶，乃金镶宝龙纹杏叶壶〔图10-2-4〕；今藏大英博物馆的一把明代珐琅执壶，为麒麟杏叶壶〔图10-2-5〕。北京海淀八里庄明李伟夫妇墓出土一把银六棱花鸟壶〔图10-3-1〕，可与《天水冰山录》的"金六楞草兽壶"相对照。首都博物馆藏铜鎏金狮钮盖六棱花鸟壶一把〔图10-3-2〕，或与《词话》第九十一回中提到的"银回回壶"式样相近。盖钮巧制为狮子戏球自然不同于通常的宝珠钮，《天水冰山录》登录财产品名因此要特别标出，如"金素狮顶壶"。湖北蕲春横车镇明荆恭王墓出土狮钮盖金壶一把〔图10-3-3〕，也是这一类。至于北京定陵出土白玉寿字杏叶壶〔图10-4〕，品级却又独在诸器之上了。

〔10-2-1〕
金镶宝飞鱼纹执壶
北京城南明万通墓出土

〔10-2-2〕
金素杏叶壶
北京城南明万贵墓出土

〔10-2-3〕
金素杏叶墩子壶
湖北钟祥明梁庄王墓出土

〔10-2-4〕
金镶宝龙纹杏叶壶
美国费城博物馆藏

〔10-2-5〕
珐琅麒麟杏叶壶
大英博物馆藏

〔10-3-1〕
银六棱花鸟壶
北京海淀明李伟夫妇墓出土

〔10-3-2〕
铜鎏金狮钮盖六棱花鸟壶
首都博物馆藏

〔10-3-3〕
狮钮盖金素杏叶壶
湖北蕲春明荆恭王墓出土

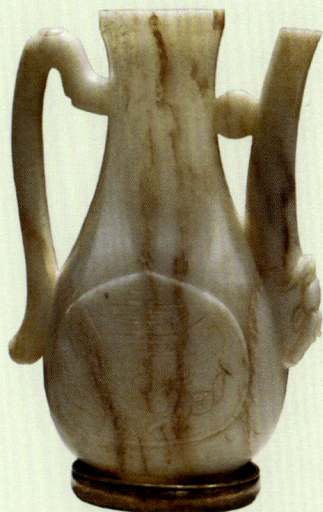

〔10-4〕
白玉寿字杏叶壶
北京定陵出土

与前朝相较，明代酒具最显著的不同是酒盏的尺寸和造型，一面是尺寸小了，一面是由宋元时代的撇口浅腹而易为敛口深腹，当然这里的深和浅是相比较而言。明人编纂《增补易知杂字全书》中的"盏"图，是它的一般样式〔图10-5-1〕，而同书下栏文字部分的"磁器酒器石器门"，又有合成一个词条的"锺盏"。其实明人称"盏"，称"杯"，称"瓯"，称"锺"，所指并不十分确定，《三才图会》中的"瓯"图，即有四种样式〔图10-5-2〕，此"瓯"，也可以视作"锺"的雅称。方以智《通雅》卷三十四《器用·杂用诸器》"今谓茶锺曰瓯，古则曰瓯瓯"。从实际运用来看，锺的名称更为普遍，并且它在明代适用的范围很广，不仅饮酒之器可曰酒锺，吃茶之器也可曰茶锺——《朱氏舜水谈绮》卷下"器用"一项列有"锺"，释云："茶锺，酒锺"[1]。此外，锺的式样也并不一致：或大或小，或平底或高足，或无柄或有柄，概可称"锺"。湖北蕲春刘娘井明荆端王次妃刘氏墓出土一个灵芝柄嵌宝小银杯，底有铭文曰"银锺壹個重壹兩肆錢捌分整"〔图10-6〕。自报家门，它似乎可以视作明代酒锺的标准样式，但如前所述，银锺的名称

---

[1]《朱氏舜水谈绮》，页383，华东师范大学出版社一九八八年。

〔10-5-1〕
《增补易知杂字全书》中的
碗、盏图

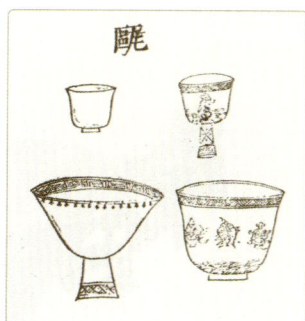

〔10-5-2〕
《三才图会》中的瓯图

实际上并非此式所专用。

宋元时期流行的台盏，即承盘盘心耸出一个高台，高台上承酒盏，到了明代已近乎隐退，虽然名称犹存。此际曰"盘盏"，曰"台盏"，或曰"台盘一副"，其实所云皆为宋元称作"盘盏"的一类，《三才图会》中的盘盏图〔图10-7-1〕与明墓出土自铭"台盏"者式样几乎无别，即是明证。明代盘盏一副中的承盘，就造型而言，与元代式样相比变化不是很大，中心凸起的浅台多以莲瓣纹为饰，其风格趋于规整。湖北蕲春蕲州镇雨湖村明都昌王朱载塔夫妇墓出土金台盏一副〔图10-7-2〕，金盏式样与前举刘娘井墓出土银锤相同，承盘中心是一个矮矮的覆莲座，盘口沿铭

〔10-6〕
银锺
湖北蕲春明荆端王次妃刘氏墓出土

曰："嘉靖拾玖年貳月內造金臺盞壹副共重貳兩捌錢貳分整。"也有与《三才图会》盘盏图相类即盏为双耳者，如北京石景山区雍王府村出土的银盘盏一副〔图10-7-3〕。台北故宫博物院藏明人《入跸图》长卷，其中一段绘天子水路启程，旁有小舟随驾，舱中设食案，案上一对插着牡丹花的铜觚，两把杏叶执壶，其一为金镶宝。又台盏一副，盏为日月双耳〔图10-8〕。九五之尊，用器的材质与制作工艺自然更加讲究，却也由此可见明代几种主要酒器的一般样式。

　　宴席中人手一只的酒锺尺寸固然是小，——在西人利玛窦看来，"他们的杯子并不比硬果壳盛的酒更多"[1]，但几巡过后，便常常会换取大锺，此锺每每式样别致，于是用它"劝饮""传饮"，或曰"侑酒"。明姜绍书《韵石斋笔谈》卷上《翡翠砚》一则曰：崇祯丁丑初春，偕何青丘、杨献可、郝东星观梅灵谷，"金陵蒋生为地主，携榼集花下，出碧玉杯劝饮"。又同书《宣和玉杯记》曰：文石公大韶家有祖传宋宣和御府所藏玉杯两件，视为珍爱，"文石居平晨起即科头坐快阁上，用五色笔批评古书数叶；巾栉后即把

---

[1]《利玛窦中国札记》，何高济等译，第一卷第七章，页68，中华书局一九八三年。

〔10-7-1〕
《三才图会》中的盘盏图

〔10-7-2〕
金台盏一副
湖北蕲春明都昌王朱载塎夫妇墓出土

〔10-7-3〕
银盘盏一副
北京石景山区雍王府村出土

〔10-8〕
《入跸图》局部
台北故宫博物院藏

玩古彝鼎，展名画法书；薄暮则设席款客，令歌僮度
曲，出所珍双玉，佐以文犀奇窑诸爵，琳琅溢目，坐
客常满"。李玉《一捧雪》第二齣，莫怀古离家赴京
之前在书斋设酌，与儿子莫昊和西席方先生叙别，席
间莫怀古道："先生洪量，何须用此小杯。"因命仆
人莫诚"取古玉杯来"。及至盘龙和玉杯亦即"一捧
雪"取来，宾主赏玩一回，叹为至宝，遂用它"斟
酒""传饮"。三例中的玉杯都是筵席常设之外的殊
器，特用于席间传玩劝饮以助兴。再有，宴席初开，
宾主礼敬，用作"把盏"的酒杯也总要别择美器。古
玩自然最为珍罕，玉器则每在诸品之上，此外有镶嵌

珠宝及制作精巧的金器。北京城南明万通墓出土一件金镶宝桃杯，金杯以老干做柄，柄上伸展出金枝金叶，金叶和杯心分别镶嵌红蓝宝石〔图10-9〕。万通为皇亲，姊姊是宪宗宠爱不衰的万贵妃，席间有这样一只把盏传饮的金杯，也只算得平常。

　　与前朝相同，一席馔器中少不得茶具，不过两宋时代茶汤多在酒后，《金瓶梅词话》中的描写却每每饮茶在先，且以果茶为常，因此总会配上一柄取果的茶匙。高濂《遵生八笺·饮馔服食笺上》论茶事曰："茶有真香，有佳味，有正色。烹点之际，不宜以珍果香草杂之。""若欲用之，所宜核桃、榛子、瓜仁、杏仁、榄仁、栗子、鸡头、银杏之类，或可用也。"以下的"茶具十六器"中列有"撩云"，注曰："竹茶匙也，用以取果。"且看利玛窦眼中的一番情景："客人就坐以后，宅中最有训练的仆人穿着一身拖到脚踝的袍子，摆好一张装饰华美的桌子，上面按出席人数放好杯碟，里面盛满我们已经有机会提到过的叫作茶的那种饮料和一些小块的甜果，这算是一种点心，用一把银匙吃。"[1]湖北钟祥明梁庄王墓出土

---

[1]《利玛窦中国札记》，何高济等译，第一卷第七章，页68，中华书局一九八三年。

〔10-9〕
金镶宝桃杯
北京城南明万通墓出土

一柄金茶匙，细长的匙柄做出一段竹节纹，匙叶轻薄形若一枚杏叶，叶心图案为团花，花心一朵小簇花镂空做，通长 15.5 厘米，重 11.8 克〔图10-10-1〕。上海闵行区明南京吏部尚书朱恩家族墓出土银器中有茶壶、茶锤和一柄小小的杏叶茶匙〔图10-10-2〕。出自定陵的有银鎏金杏叶茶匙〔图10-10-3〕，又一柄匙叶图案造型为时尚纹样蝶赶菊，菊花的特征用花蕊来表现，却是花瓣之间镂出规整的五个细孔；竹节纹的匙柄之端一朵如意云头，长 17.7 厘米，重 12 克〔图10-10-4〕。如此轻巧和秀逸，原是承袭了宋元金银茶匙的造型和工艺，而前两例的样式，便是《词话》中说到的"杏叶茶匙"了。

茶壶或有提梁，北京定陵出土明器中一件自铭"锡杏叶茶壶"者，为式样之一〔图10-11-1〕。有柄有流的一种，与酒注造型的大致区别在于前者矮壮，后者瘦高。山西汾阳圣母庙明代壁画中圣母出宫的行列里并行着捧了金酒壶和金茶壶的宫女〔图10-11-2〕，正可见出茶酒器的这一分别。出自北京定陵的一把银壶为孝靖皇后物，通高 13.8 厘米，是矮壮的茶壶样式〔图10-11-3〕。茶壶又或用古称叫它汤瓶。《词话》第二十回，"只见李瓶儿梳妆打扮"，"迎春抱着银汤瓶，绣春拿着茶盒，走来上房，与月娘众人递茶。"此银汤

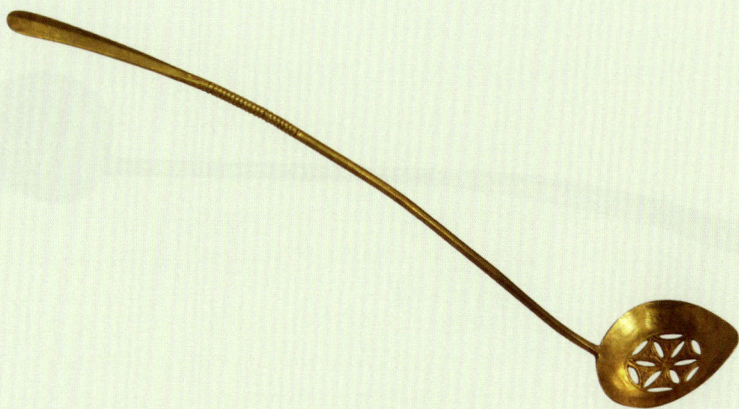

〔10-10-1〕
金杏叶茶匙
湖北钟祥明梁庄王墓出土

〔10-10-2〕
银器
上海闵行区朱行镇明朱恩家族墓出土

〔10-10-3〕
银鎏金杏叶茶匙
北京定陵出土

〔10-10-4〕
银鎏金茶匙
北京定陵出土

〔10-11-1〕
锡杏叶茶壶（明器）
北京定陵出土

〔10-11-2〕
山西汾阳圣母庙明代壁画局部

〔10-11-3〕
银茶壶
北京定陵出土

瓶即银茶壶。早期酒注与汤瓶的区别很小，而酒注原是从汤瓶中分化出来，长沙窑址出土的这两类器具造型几乎相同，因此有的酒注特别在器身表明"此是饮瓶不得别用"〔图10-12-1、2〕。其实在日常生活中，器具的使用本来是很灵活的，《遵生八笺·燕闲清赏笺上》"论古铜器具取用"一节提到，砚炉"右方置一茶壶，可茶可酒，以供长夜客谈"。

馔席用器自然还要有大盘小碟、菜碗、汤碗以及饭碗和匙箸，不可或缺的尚有各式攒盒。故宫藏《朱瞻基行乐图》在投壶场景中绘出皇帝一个人的餐桌和餐具：果盘、菜碟，金碗四只、箸一副，金杏叶壶、金台盏以及攒盒〔图10-13〕，由此临时备下的酒食点心而可见宫廷用器之一斑。前举上海朱恩家族墓出土银茶壶、茶锤、杏叶茶匙，此外又有银酒注、银高脚杯、银錾双鱼盘各一〔图10-14〕。这是仕宦之家最基本的几样馔席用器。

酒器的质地仍以陶瓷为多，此外则漆木、铜锡、金银、犀玉。明以前习用的碗盏加金银钿的办法，明代已很少采用。而宋代出现的剔犀银里碗盏，此际大为盛行，剔犀之外，也还有胡桃木、香木之类，如登录于《天水冰山录》的"金厢檀香酒杯一十二个""金厢香木酒杯一十个"。今藏大英博物馆的两

件剔犀银里杯，其一为高脚杯〔图10-15-1〕，其一即类
于《词话》中说到的"银镶大锺"〔图10-15-2〕。金银
酒器的使用明初尚有所限制，谈迁《枣林杂俎·智
集》"品官酒具"条曰："一二品官酒器俱黄金，三品
至五品银壶金盏，六品至九品俱银，馀人用瓷、漆、
木器。按：太祖起兵间，习于节俭，又深惩贪墨，而
定品官器具，不为寒乞，则所谓彬彬郁郁也。"不过
豪奢风起，制度即成空文。明成化说唱词话《新刊全
相说唱张文贵传》中的筵席便极见排场："父母留儿
留不住，安排打扮小官人。便在厅前排筵会，十分管
待广铺陈。东边挂起神仙画，西边挂起凤归林。黑
漆卓子排定器，犀皮交椅两边分。金盏金台金托子，
金匙金箸插金瓶。珍馐百味般般有，四时果子及时
新。"虽非纪实之作，却与实际情况相去不远。前引
何良俊《四友斋丛说》卷三十四记述道，"尝访嘉兴一
友人，见其家设客，用银水火炉、金滴嗉。是日客有
二十馀人，每客皆金台盘一副，是双螭虎大金杯，每
副约有十五六两"；又洗面银盆，焚香金炉，"僭侈之
极，几于不逊矣"[1]。所谓"银水火炉"，即前引《世事通

---

[1] 或推测此嘉兴友人为项元汴，见封治国《与古同游：项元汴书
画鉴藏研究》，页82，中国美术学院出版社二〇一三年。

〔10-12-1〕
"陈家茶店"执壶
长沙铜官窑遗址管理处藏

〔10-12-2〕
"此是饮瓶不得别用"执壶
长沙博物馆藏

〔10-13〕
《朱瞻基行乐图》局部
故宫博物院藏

〔10-14〕
银器
上海闵行区朱行镇明朱恩家族墓出土

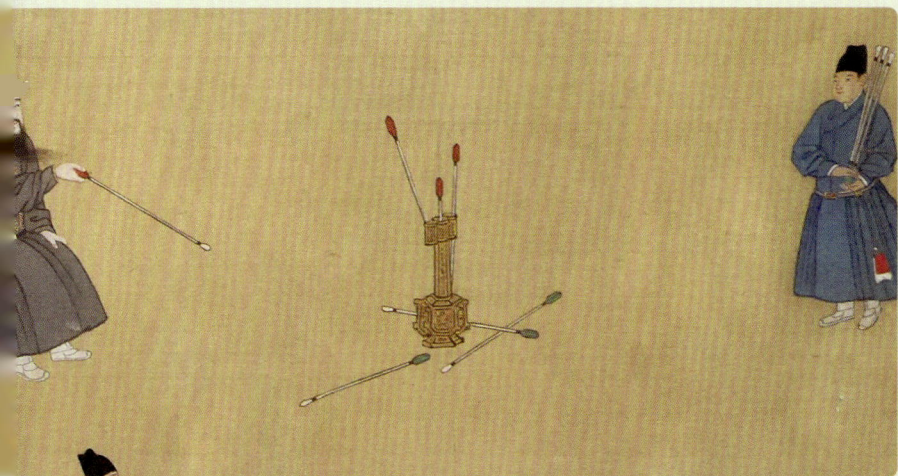

〔10-15-1〕
剔犀银里高脚杯
大英博物馆藏

〔10-15-2〕
剔犀银里锺
大英博物馆藏

考·酒器类》中的"既济炉",亦即水火合为一器的温酒之器,四川崇州万家镇明代瓷器窖藏中有锡制的水火炉[1]〔图10-16〕。所谓"金滴嗉",已如前述。由北京明万贵墓出土螭虎双耳白玉杯〔图10-17-1〕、常熟博物馆藏明代金杯〔图10-17-2〕,可见"双螭虎大金杯"式样之大略。既曰"金台盘一副",那么当有与螭虎杯纹样一致或相与呼应的承盘,这是宋元时代流行的传统样式〔图10-17-3〕。一席宾客二十馀,人手一副金台盘,如此豪奢,《金瓶梅词话》里富甲清河一县的西门大官人也未能望其项背,不过此例却正是小说叙事的一个旁证。

《词话》中的酒事,多为西门庆家的酒事,那么也可以说是明代豪门富户之家的酒事。它当然无法与宫廷宴席相比,——不可能有彼之规模,也不可能有彼之排场,如《朱瞻基行乐图》所绘一个人的饭桌那样的排场。胸无点墨的暴发户,酒事中更不可能有士子才人的雅韵风流,文震亨《长物志》所倡言的度越侪俗之清奇又岂是西门大官人所能梦见。袁宏道作《觞政》,以历代酒经、酒谱等为内典,庄子之文、屈

[1] 相关考证,见小文《元明时代的温酒器》,收入《奢华之色:宋元明金银器研究》第三卷(第四版),中华书局二〇一六年。

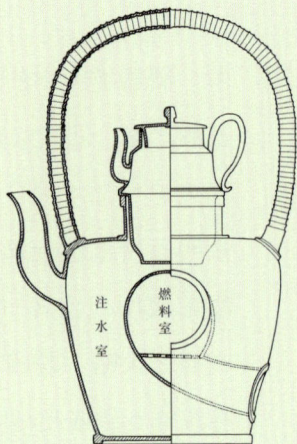

〔10-16〕
锡提梁壶（水火炉）
四川崇州万家镇明代瓷器窖藏

〔10-17-1〕
螭虎双耳白玉杯
北京城南明万贵墓出土

〔10-17-2〕
明螭虎双耳金杯
常熟博物馆藏

〔10-17-3〕
双螭纹金杯盘一副
南宋播州土司杨价夫妇墓出土

子之赋、《史记》《汉书》、陶集、白诗等有酒事并酒
趣、酒韵者为外典，又特特举出《水浒传》与《金瓶
梅》为逸典。《金瓶梅词话》自然不是"酒话"，不过
西门庆在世的七十九回里倒有七十七回不曾离了酒，
而为作者所驱遣的诸般酒事每每一石三鸟藏了布算，
或草蛇灰线埋下线索，种种物理人情正可见明代酒
事中的世相百态，辅"觞政"为"逸典"，袁中郎读
《金》有得也。不过这里不是讨论小说，而是特欲借此
一枝写实的笔去认识明代酒文化，因为此前任何一部
书，关于酒事，都没有如此入微传神的细节刻画。

　　酒食器具，求雅，依然玉器为最，但铺展奢华，
则仍以金银为要。《词话》中的酒食桌上，壶盏匙箸
便多为金银。出现在书里的小金壶，银素，银执壶，

〔10-18〕
小金把锺
北京朝阳区三里屯明墓出土

团靶钩头鸡脖壶；银镶锺儿，银高脚葵花锺，小金莲蓬锺儿，小金菊花杯，大金桃杯；金台盘一副，小金把锺儿、银台盘；金箸牙儿，大都有明代实物可见。金台盘一副，前举蕲春明都昌王朱载塎夫妇墓出土者即是也。出自北京朝阳区三里屯明墓的一只金杯，高 3.1 厘米，口径 8.1 厘米，重 93.7 克〔图10-18〕，所谓"小金把锺儿"，它可以为例。大英博物馆藏一件银承盘，中心凸起一个矮矮的覆莲座，座心錾一朵灵芝，周环鱼子地上錾刻四季花卉，此即银台盘也〔图10-19〕。

〔10-19〕
银台盘
大英博物馆藏

大金桃杯，也有前面举出的明万通墓出土金镶宝桃杯，只是如此镶嵌珍宝，尚非西门庆家用物可及。《词话》第十六回，李瓶儿早又为西门庆预备下一桌齐整酒肴，"亲自洗手剔指甲，做了些葱花羊肉一寸的扁食儿，银镶锺儿盛着南酒"。出自湖北蕲春蕲州镇黄土岭明荆藩宗室墓的暗八仙寿字银镶木锺，高3.1厘米，口径4.7厘米〔图10-20-1〕；常州博物馆藏银镶木锺，通高4.5厘米，口径5.3厘米〔图10-20-2〕，便都是银镶锺儿。第三十四回里的"银高脚葵花锺"，浙江龙游石佛村出土"崇祯十三年"款的金高脚菊花锺或可参照〔图10-21〕。银执壶，与上海闵行朱行镇明朱恩家族墓地出土之器当相去不远〔图10-14〕。第三十一回"琴童藏壶觑玉箫　西门庆开宴吃喜酒"中惹出好一番热闹的银执壶，即是此类。第三十四回，书童儿买了酒食到李瓶儿房中，"教迎春取了把银素筛了来，倾酒在锺内，双手递上去"。银素，湖北蕲春明都昌王朱载塎夫妇墓出土的一把正是很标准的样式〔图10-22〕。而西门庆送给蔡太师赆见礼的"赤金攒花爵杯"，湖北钟祥明梁庄王墓出土金爵杯可以当之〔图10-23〕。蔡太师的管家翟谦款待西门庆和夏提刑所用的"金爵"，北京定陵出土者可以当之〔图10-24〕。至于筵席必设的果盒和攒盒，诸如方盒、罩漆方盒、彩

〔10-20-1〕
暗八仙寿字银镶木锺之一
湖北蕲春明荆藩宗室墓出土

〔10-20-2〕
银镶木锺
常州博物馆藏

〔10-21〕
金高脚菊花锺
浙江龙游石佛村出土

〔10-22〕
银素
湖北蕲春明都昌王朱载塎夫妇墓出土

〔10-23〕
金爵杯
湖北钟祥明梁庄王墓出土

〔10-24〕
金爵杯
北京定陵出土

漆方盒、小描金方盒、螺甸大果盒，在明代传世品中自是常见。开在当街的"各样描金漆器"铺以及常常是装在攒盒里的"细巧茶食"，也都是仇英《清明上河图》中的风俗画面〔图9-1、10-25〕。

明代的饭桌是逢到吃茶点心、用酒饭的时候才临时摆下，并且可以依据主人的需要随处安放。如《词话》第三十四回，西门庆陪应伯爵在翡翠轩坐下，因令玳安放桌儿。又第三十六回，西门庆陪安进士游花园，"向卷棚内下棋，令小厮拿两桌盒，三十样，都是细巧果菜鲜物下酒"。仇英《清明上河图》中的一个深宅大院里高起一座露台，上面支了布篷，下设酒桌，中间一具攒盒，四士围坐，一边立着两个童子，其中一人捧酒壶，栏杆旁的童子扇着风炉烹茶，是相类的情景〔图10-26〕。何等式样、何等大小的桌子，也要依人物多寡、人物的尊卑亲疏乃至就食地点临时择取。明宋诩《宋氏家规部》卷三"奉宾客"一节说道："凡有贺谢多仪而来，必留，列卓，特致诚敬。""凡有执贽而来，必留，列卓，特致诚敬，或馈以馔，或侑以币，视齿德尊贵隆以殊礼绝席。""凡初识，留饮必列卓；凡常见，留饮必团坐。""列卓宜丰（用官卓），团坐宜杀（用宴几，倪云林制，有长、中、短七卓，纵横共七十有六则）。""杀"与"丰"相对言，减

〔10-25〕
仇英《清明上河图》局部

〔10-26〕
仇英《清明上河图》局部
辽宁省博物馆藏

也。官卓即大桌，《词话》第五十五回道翟管家为西门庆洗尘，"不一时，只见剔犀官桌上列着几十样大菜，几十样小菜，都是珍羞美味"，正所谓"列卓宜丰"。而同书第四十九回西门庆迎请宋、蔡二巡按，"只见五间厅上湘帘高卷，锦屏罗列，正面摆两张吃看桌席，高顶方糖，定胜簇盘，十分齐整"，却是列卓的极尽丰美了。末后西门庆令手下把两张桌席，连台盘、执壶等金银器具都装在食盒内，共二十抬，一并送至二巡按的船上。如是体面的行贿与受贿实为酒事的一大妙用。当日蔡御史留下饮酒，席间西门庆央及蔡至两淮巡盐任上早放他几日盐引，蔡遂满口应承。此前西门庆说动同官夏提刑共通贪赃枉法放走杀主夺财的苗青，也是先用了酒桌上的功夫。第四十七回，西门庆把夏提刑邀到家来，"门首同下了马，进到厅上叙礼，请入卷棚内宽了衣服，左右拿茶上来吃了。书童、玳安走上，安放桌席摆设"。"须臾，两个小厮用方盒拿了小菜，就在旁边摆下，各样鸡、蹄、鹅、鸭、鲜鱼，下饭就是十六碗。吃了饭，收了家火去，就是吃酒的各样菜蔬出来，小金把锤儿，银台盘儿，金镶象牙箸儿。饮酒中间，西门庆慢慢提起苗青的事来"。这里的"小金把锤儿，银台盘儿"，原是合成一副的金盏银台，同书第七十二回，西门庆往王招宣府中赴席，与林氏见过礼之后，"因见文嫂儿在傍，便道：'老文，你取付台儿来，等我与太太递一杯寿酒。'……文嫂随即捧上金盏银台"，即此。较之连同桌席一并送给巡按御史的金台盘成副虽然差了一等，却也不是家常所用，正如第四十九回西门庆陪着蔡御史月下饮酒，"于是韩金钏拿大金桃杯满斟一杯，用纤手捧递上去"，——酒器的使用总是用了心思的。第二十五回西门庆为蔡太师备下生辰担中的"两把金寿字壶"，即不曾见于家里的饭桌，虽然一顿早餐也是使着银器酒菜齐上：第二十二回，腊月初八日，西门庆早起，约下应伯爵，与大街坊尚推官家送殡。等了伯爵来了，西门庆道："教我只顾等着你。咱吃了粥好去了。"随即分付小厮后边看粥来吃。"就是四个咸食，十样小菜儿，四碗炖烂：一碗蹄子，一碗鸽子雏儿，一碗春不老蒸乳饼，一碗馄饨鸡儿，银厢瓯儿里粳米投着各样榛松栗子果仁梅桂白糖粥儿。""小银锺筛金华酒，每人吃了三杯。"

未酒，先茶，酒具的使用既非随意，茶器的选择也不能不讲究。《词话》中吃的都是果茶，因此茶锺之外，一柄茶匙是不能少的。第七回，西门庆与孟玉楼正说着话，"只见小丫鬟拿了三盏蜜饯金橙子泡茶，银镶雕漆茶锺，银杏叶茶匙。妇人起身，先取头一盏，用纤手抹去盏边水渍，递与西门庆"。第十二回写西门庆在烟花院中，"少顷，鲜红漆丹盘拿了七锺茶来。雪绽般茶盏，杏叶茶匙儿，盐笋芝麻木樨泡茶，馨香可掬"。第十五回则是同样的场地，不过把茶换了样，却也是"彩漆方盘拿七盏茶来，雪绽盘盏儿，银杏叶茶匙，梅桂泼卤瓜仁泡茶"。而第三十五回夏提刑的来访，一番光景又有不同，——"棋童儿云南玛瑙雕漆方盘拿了两盏茶来，银镶竹丝茶锺，金杏叶茶匙，木樨青豆泡茶吃了"。可知艳色漆盘，细白瓷盏，金银茶匙，是很精致的一套奉茶待客之具，而一柄茶匙在小说里不仅未曾忽略，且特别借了金、银质地的不同见出来客的身分不同。银杏叶茶匙，前举上海明朱恩墓出土者〔图 10-10-2〕，正是此物。至于款待夏提刑取用的"金杏叶茶匙"，前举梁庄王墓所出者即是也〔图 10-10-1〕。

附一：西门庆的书房

　　曾几何时，书房似已成居所之必设，而不论文人雅士与否。瞿佑《剪灯新话》卷二《王生渭塘奇遇记》曰：

　　至顺中，有士族子王生，居于金陵。有田在松江，因往收租。归棹过渭塘，见一酒肆青旗高挑，生泊舟岸侧，登肆沽酒，"肆主亦富家，其女年十八，知音识字，态度不凡"。生"是夜遂梦至肆中，入门数重，直抵舍后，始至女室，乃一小轩也。轩之前有蒲萄架，架下凿池，方圆盈丈，甃以文石，养金鲫其中，池左右植垂丝桧二株，绿荫婆娑，靠墙结一翠柏屏，屏下设石假山三峰，岌然竞秀；草则金线、绣墩之属，霜露不变色。窗间挂一雕花笼，笼内畜一绿鹦鹉，见人能言。轩下垂小木鹤二只，衔线香而焚之。案上立一古铜瓶，插孔雀尾数茎，其傍设笔砚之类，皆极济楚。架上横一碧玉箫，女所吹也。壁下贴金花笺四幅，题诗于上，诗体则效东坡《四时词》，字画则师赵松雪，不知何人所作也"。此虽记梦，但后至实地，无一不验，则明代小说家笔下酒肆人家深闺布置亦如雅士之书室。明范濂《云间据目抄》卷二中的一段话更可见当日风气："尤可怪者，如皂快偶得居止，即整一小憩，以木板装铺，庭蓄盆鱼杂卉，内则细桌拂尘，号称书房。竟不知皂快所读何书也。"

说起来，其时另有一等，虽名曰书房，却并不用作读书，附庸书房之雅而陈设，在其中也安排些风雅的节目，比方《金瓶梅词话》中西门庆的书房。第三十四回《书童儿因宠揽事　平安儿含愤戳舌》，曰应伯爵引着韩道国去见西门庆——

"进入仪门，转过大厅，由鹿顶钻山进去，就是花园角门。抹过木香棚，两边松墙，松墙里面三间小卷棚，名唤翡翠轩，乃西门庆夏月纳凉之所。前后帘栊掩映，四面花竹阴森，周围摆设珍禽异兽、瑶草琪花，各极其盛。里面一明两暗书房，有画童儿小厮在那里扫地，说：'应二爹和韩大叔来了！'二人掀开帘子进入明间内，只见书童在书房里。看见应二爹和韩大叔，便道：'请坐，俺爹刚才进后边去了。'一面使画童儿请去。伯爵见上下放着六把云南玛瑙漆减金钉藤丝甸矮矮东坡椅儿，两边挂四轴天青衢花绫裱白绫边名人的山水，一边一张螳螂蜻蜓脚、一封书大理石心壁画的帮桌儿，桌儿上安放古铜炉、流金仙鹤，正面悬着'翡翠轩'三字。左右粉笺吊屏上写着一联：'风静槐阴清院宇，日长香篆散帘栊。'……伯爵走到里边书房内，里面地平上安着一张大理石黑漆缕金凉床，挂着青纱帐幔。两边彩漆描金书厨，盛的都是送礼的书帕、尺头，几席文具书籍堆满。绿纱窗下，安放一只黑漆琴桌，独独放着一张螺甸交椅。"

翡翠轩在《金瓶梅》里不止一次提到，如第二十七回，曰"西门庆起来，遇见天热，不曾出门，在家撒发披襟避暑，在花园中翡翠轩卷棚内，看着小厮每打水浇灌花草。只见翡翠轩正面前，栽着一盆瑞香花，开得甚是烂熳"。三十四回中的一节，则是着意写出轩的位置和室内的陈设。

西门庆的宅舍，门面五间，到底七进，翡翠轩设在仪门外的花园里，园有角门，与仪门相通。轩在花园深处，前有假山，山顶有卧云亭，中腰藏春坞雪洞。翡翠轩前松墙屏路，松墙尽头接着角门入口的木香棚。这可以说是明代花园常见的布局，明人画作对此也常有细致的描绘，如沈周为吴宽所绘《东庄图》

中的《耕息轩》〔图11-1-1〕、钱穀为张凤翼作《求志园图》〔图11-1-2〕，如所谓"仇文合璧"《西厢会真记》中的"红娘请宴"一幅[1]〔图11-1-3〕，后者又正绘出甬路尽端一座卷棚顶的敞轩，亦即张生书房。明计成《园冶》卷一总论中说到的"前添敞卷"，以及其后"卷"条所云"厅堂前欲宽展，所以添设也"，即是此类。《词话》第四十七回《王六儿说事图财　西门庆受赃枉法》写苗青行贿、西门庆受赃的一番光景，道是"须臾，西门庆出来，卷棚内坐的，也不掌灯。月色朦胧才上来，抬至当面，苗青穿着青衣，望西门庆只顾磕着头"。崇祯本里的这一节文字与此相同，此回的绣像即据小说情节绘出卷棚和卷棚内外的场景〔图11-1-4〕。文震亨《长物志》卷一论室庐，曰"忌有卷棚，此官府设以听两造者，于人家不知何用"[2]。文氏的议论，自然是因为别存一种风雅的标准，而卷棚

---

[1] 钱塘程氏藏，上海文明书局一九一五年珂罗版影印。按所谓"仇英画，文徵明书"，原不可信，陈长虹《"仇文合作西厢记"相关研究》于此考校甚详（《艺术史研究》第十二辑），不过所绘物事并不伪。

[2] 方以智《通雅》卷三十八"宫室"："古者朝寝堂室，通谓之宫，廷在堂下，如今朝贺皆在丹墀，后人加广耳。或者陛上之台，如今衙堂作卷蓬乎。"

〔11-1-1〕
沈周《东庄图·耕息轩》
南京博物院藏

〔11-1-2〕
钱穀《求志园图》
故宫博物院藏

〔11-1-3〕
"仇文合璧"《西厢会真记》插图

〔11-1-4〕
崇祯本《金瓶梅》第四十七回插图

在明代戏曲版画中原很常见〔图11-2-1、2〕，至于状若原告、被告公堂对簿处，即所谓"官府设以听两造者"，也正有清楚的例子〔图11-2-3〕。

结作木香棚的木香，系蔷薇科蔷薇属的藤本植物，学名 Rosa banksiae (Banksia rose)。清陈淏子《花镜》卷五《藤蔓类考》"木香花"条："木香，一名锦棚儿，藤蔓附木，叶比蔷薇更细小而繁。四月初开花，每颖二蕊，极其香甜可爱者，是紫心小白花；若黄花，则不香，即青心大白花者，香味亦不及。至若

〔11-2-1〕
《徐文长先生批评北西厢记》插图

〔11-2-2〕
闽刻《西厢记》插图

〔11-2-3〕
《鸳鸯绦》插图

高架万条，望如香雪，亦不下于蔷薇。"[1] 庭院里结花棚，花棚下设桌椅，可憩，可坐，可饮，明代版画中描绘出来的情景，应是当日风气之一般〔图11-3〕。

书房里的东坡椅儿，便是由胡床演变而来的交椅，山东邹城明鲁荒王墓出土明器中的交椅连脚踏可以为例〔图11-4-1〕。明沈德符《万历野获编》卷二十六"物带人号"条："胡床之有靠背者，名东坡椅。"它也曾叫作子瞻椅，元刘敏中有词调寄《感皇恩》，词前小序云"张子京以春台、子瞻椅见许，以词催之"[2]，即此。藤丝甸即藤丝垫，指椅心儿的软屉，藤丝便是把藤皮劈为细丝，然后编作暗花图案，乃软屉中精细柔韧的一种，如王世襄《明式家具珍赏》中著录的一件〔图11-4-2〕。钉则指交椅转关处的轴钉，轴钉下边还有护眼钱[3]，皆可用嵌金嵌银的工艺把它装

---

[1] 《花镜》，伊钦恒校注，页257，中国农业出版社一九九五年。

[2] 唐圭璋《全金元词》下册，页776，中华书局一九七九年。按宋代流行一则与此相关的故事，颇有趣。杨万里《诚斋诗话》记蜀人李珏所言东坡佚事云："东坡谈笑善谑，过润州，太守高会以飨之。饮散，诸妓歌鲁直《茶词》云：'惟有一杯春草，解留连佳客。'坡正色曰：'却留我吃草。'诸妓立东坡后，凭东坡胡床者，大笑绝倒，胡床遂折，东坡堕地。宾客一笑而散。"东坡所坐胡床，应即有靠背者。

[3] 交椅的结构图，见王世襄《明式家具珍赏》，页25，三联书店香港分店等一九八五年。

〔11-3〕
《艳异编》插图
哈佛燕京图书馆藏明刊本

〔11-4-1〕
交椅连脚踏（明器）
山东邹城明鲁荒王墓出土

〔11-4-2〕
明黄花梨圆后背交椅
上海博物馆藏

点得华丽。明宋诩《宋氏家规部》卷四"银"条下释
"减金"曰"以金丝嵌入光素之中"，是也。云南玛瑙
漆，却是椅背上的装饰，即漆器中的"百宝嵌"[1]，明
末有周姓者始创此法，因也名作周制。其法以金银、
宝石、玛瑙等为之，雕成山水、人物、花卉等，嵌于
漆器之上，大而屏风、桌椅，小则笔床、砚匣[2]。这
里特别点出云南玛瑙，或即因为"玛瑙以西洋为贵，
其出中国者，则云南之永昌府"（《万历野获编·补遗》
卷四）。

一封书的桌儿，乃长方形的短桌[3]，翡翠轩中的
一对，当是靠墙而设。"大理石心壁"，即桌心嵌着大
理石。所谓"画"，大约如《长物志》卷三"水石"
条所云"近京口一种，与大理相似，但花色不清，石
药填之为山云泉石，亦可得高价"。螳螂蜻蜓脚，则

---

[1] 黄成《髹饰录》，见王世襄《髹饰录解说》（修订版），页151，
文物出版社一九九八年。

[2] 详见钱泳《履园丛话》卷十二《艺能》"周制"条。

[3] 清代尚保留此式。朱家溍《雍正年的家具制造考》曰，据《造
办处各作成做活计清档》中木作的记载，雍正元年曾做弘德殿
用的"一封书楠木桌一张，高一尺八寸，长三尺六寸，宽一尺
九寸，桌边出五寸"。雍正四年，做"楠木一封书书桌一张，
宽二尺二寸，高一尺四寸八分，长三尺六寸"（载《故宫退食
录》，北京出版社一九九九年）。按此两例高矮的尺寸偏低，应
是为了与当日的室内家具配套。

指细而长的三弯腿，又有肚膨起如螳螂肚，此多用
于供桌和供案，明鲁荒王墓出土三弯腿带拖泥翘头
供案、《明式家具研究》举出的供桌，可见其式[1]〔图
11-5〕。古铜炉，香炉也。流金仙鹤即鎏金仙鹤，烛台
也。当然也不妨如前引《王生渭塘奇遇记》所云"衔
线香而焚之"。仙鹤常常与龟合在一起构成器座，早
期样式是朱雀和龟，比如陕西汉阳陵陪葬墓园出土陶
龟雀磬座〔图11-6〕。后世把朱雀易作仙鹤，但基本造
型仍从旧式。浙江新昌横街原人民商场门口出土者，
鹤嘴所衔之物稍残〔图11-7-1〕。出自四川简阳东溪园
艺场元墓的两对铜烛台，烛台是龟背上的一只鹤，鹤
嘴里衔一朵灵芝，其上顶着一片如意云，云朵上立着
插钎[2]〔图11-7-2〕。相似之器也发现于山东菏泽元代沉
船。北京庆寿寺海云塔出土式样相同的一对，时代应
大致相当[3]〔图11-7-3〕。它在明清很常见，并且流行于

---

[1] 王世襄《明式家具研究·图版卷》，页123，乙136，三联书店
（香港）有限公司一九八九年。

[2] 四川省文物管理委员会《四川简阳东溪园艺场元墓》，页80，
图三五：11，《文物》一九八七年第二期。

[3] 同出尚有一对仿古铜瓶和一具鼎式香炉，展品说明称此一组为
"铜五供"，定其时代为宋。按庆寿寺位于西长安街电报大楼附
近，建于金大定二十六年，繁盛于金元时期，明以后逐渐衰落。
参照已经发现的实物，似将这一对铜烛台定为元代物为宜。

〔11-5〕
明楠木嵌黄花梨三弯腿供桌
北京法源寺藏

〔11-6〕
陶龟雀磬座
陕西汉阳陵陪葬墓园出土

〔11-7-1〕
铜烛台
浙江新昌横街原人民商场门口出土

〔11-7-2〕
铜烛台
四川简阳东溪园艺场元墓出土

〔11-7-3〕
铜烛台
北京庆寿寺海云塔出土

日本。日人寺岛良安编《和汉三才图会》十九"佛供器"一项中列有"龟鹤"，释云："即蜡烛台也，铸成鹤与龟形。"凉床，前节《螺甸厂厅床》中已经说到。

考校名物，可知这里笔笔写得实在，处处可见时风。而若把当日文人的意见作为书房之雅的标准，则西门庆的书房便处处应了其标准中的俗。比如椅，《长物志》曰"其折叠单靠"，"诸俗式，断不可用"；"今人制作，徒取雕绘文饰，以悦俗眼，而古制荡然，令人慨叹实深"（卷六）。比如凉床，"飘檐、拔步、彩漆"，"俱俗"（卷六）。再比如挂在两边的四轴山水，屠隆《考槃馀事》："高斋精舍，宜挂单条，若对轴即少雅致，况四五轴乎。"即连木香棚，《长物志》也别有评说："尝见人家园林中，必以竹为屏，牵五色蔷薇于上，木香架木为轩，名木香棚，花时杂坐其下，此何异酒食肆中"（卷二）。此处须要重读的自然是"花时杂坐其下"一句。又有关于卷棚的一番意见，已见前引，而一盆"开得甚是烂熳"的瑞香花，亦非雅物，"枝既粗俗，香复酷烈，能损群花，称为'花贼'，信不虚也"（卷二）[1]。

　　以写实之笔描绘生活里的细节，最是《金瓶梅》的好处。写西门庆的书房，《词话》本尤其笔致细微，用了晚明文人的标准来从反面做文章，且无一不从实生活中来，也是它成功的一处。

---

[1] 瑞香系瑞香科的常绿小灌木，学名 Daphne odora。宋人题咏最多，《诚斋集》中即有不少，所谓"绝爱小花和月露，折将一朵篸银瓶"（《瑞香》，《全宋诗》，册四二，页 26235），则案头清供也。至于"香复酷烈，能损群花"，明王象晋《群芳谱·花谱》"瑞香"条曰"此花名麝囊，能损花，宜另植"；李渔《闲情偶寄》卷五《种植部》又据此而曰"瑞香乃花之小人"。

附二：明赵谅墓出土漆棺画丛考

——与李瓶儿出殡对读

　　婚丧，俗称红白喜事，而后者的热闹，不输前者。宋元以前不论，约定俗成的各种仪轨，明代以来已经形成，延续到晚清乃至近世，虽具体事项或增或减，但并没有大的变化，检视金受申《老北京的生活》、齐如山《中国风俗丛谈》关于丧仪的记述，即可见出沿用的轨迹。丧礼之排场，即如齐如山所说，不过以下数事：一是待客之席面，二是点主、书主，三为棺椁，四为糊明器，五则搭席棚，六为念经，七是棺罩执事[1]。此已成为深入民间的习俗，排场大小，

---

[1] 齐如山《中国风俗丛谈·出殡》，页22，辽宁教育出版社二〇〇六年。

其要在于财力。只是与文字对应的摹绘丧葬场景的图像，历来不多。由小说《金瓶梅》和《红楼梦》中的插图，差可得见仪式一角。日人中川忠英《清俗纪闻》、青木正儿《北京风俗图谱》所绘稍稍具体，不过仍是择要而绘，摹画大概。难得北京石景山区五里坨明内官监赵谅墓出土一具彩画漆棺，棺之前后左右以及上盖皆满布彩绘，历时六年的精心修复，使它重现昔日容颜，左右两侧棺板竟分别展现出人物众多、内容丰富的丧仪图，且诸般细节历历在目。年代为嘉靖三十八年。而对它的解读，贴切莫过于《金瓶梅词话》中李瓶儿出殡情形的描写，二者主要内容的对应，近乎契合无间。

面对棺尾，场面盛大的出殡图，绘于左侧棺板。右侧棺板为回灵图，以此构成完整的叙事。

出殡图队列的行进方向是由右向左，但这里的叙述不妨从左向右展开〔图12-1〕。占据整个画面的是簇簇队队各司其职的行枢人众，惟上方中间位置独立一身身量格外高大的四目神将，左手秉盾，右手持一枝方天画戟〔图12-2-1〕。神将背后一溜建筑，从形制和布局来看，当为寺院：依次为山门、碑碣、殿宇、伞幢、佛塔〔图12-2-2〕，因此可以断定这一位神将，乃纸糊的险道神。便是《金瓶梅词话》李瓶儿出殡（以下

〔12-1〕
漆棺·出殡图（棺板左侧）
北京明赵谅墓出土

〔12-2-1〕
险道神

〔12-2-2〕
寺院

简称李瓶儿出殡）中的"忽忽洋洋，险道神端秉银戈"。险道神之身量高大，也可见同书中的一句歇后语，第三十回"踩小板凳儿糊险道神——还差着一帽头子哩"。

险道神即方相。《酉阳杂俎·前集》卷十三《尸穸》："四目曰方相。"北宋高承《事物纪原》卷九"方相"条："《轩辕本纪》曰帝周游时，元妃嫘祖死于道，令次妃姆嫫监护，因置方相，亦曰防丧，此盖其始也。俗号险道神，抑由此故尔。《周礼》有方相氏，狂夫四夫（人），大丧，先柩，及墓，入圹，以戈击四隅，驱方良。故葬家以方相先驱。"所引《周礼》，见《夏官·方相氏》，即"方相氏掌蒙熊皮，黄金四目，玄衣朱裳，执戈扬盾，帅百隶而时难，以索室驱疫"。险道神也称阡陌将军或开路神君，见明刻本《绘图三教源流搜神大全》。又称显道人、开路鬼。明末金木散人《鼓掌绝尘》第二十八回道贾秋对二相公说，"间壁有个赵纸人，专替那些出丧举殡的人家做那显道人、开路鬼的"，及至做出这纸魍魉来，便是"状貌狰狞，身躯长莽。眼似铜铃，动一动，摇头播耳；舌如闪电，伸一伸，露齿张牙。蓝面朱唇，不减那怒吽吽的地煞；长眉巨口，分明是恶狠狠的山魈"。漆棺画把险道神安排在这个位置，当有两重含义，一是象征出殡队伍之首，即所谓"大丧，先柩"；二是象征墓圹所在，即所谓"及墓，入圹"。明刘若愚《酌中志》卷二十二："中官最信因果，好佛者众，其坟必僧寺也。"漆棺画的这一表现形式，正与赵谅的坟茔位于净德寺近旁相应。明《三教源流搜神大全》又称险道神为"开路神君"，形容他的一身穿戴是武将打扮，又"左手执玉印，右手执方天画戟，出柩以先行之，能押诸凶煞，恶鬼藏形，行柩之吉神也"。不过《三才图会》中的方相图是右手盾牌，左手方天画戟〔图12-3〕，正是《周礼》所云"执戈扬盾"。漆棺画中险道神的手中持物与此方相图一致。

出殡图前端中间行列，是手持如意的寿星老儿，《词话》第四十一回"险道神撞见那寿星老儿，你也休说我的长，我也休嫌你那短"。在漆棺画上正见出这一前者长后者短的比例。这里的寿星腰下绘出一个人面，可知原是真人扮出来的，类同于肉傀儡。

寿星老儿引导的是四人抬杠四角垂流苏的吊挂大影亭〔图12-4〕。影，即容像，也称真容。大影，指全身像。《词话》第六十三回，西门庆请韩先生为死去的李瓶儿传神，道"你用心想着，传画一轴大影，一轴半身，灵前供养"。画面中的大影前边中间设一具香炉，一对烛台分设两旁。走在吊挂大影亭后面一个二人抬杠的小亭子，可见中设供具为香炉，当即吊挂

〔12-3〕
《三才图会》中的方相图

〔12-4〕
影亭

半身，虽然这里没有画出来，但右侧棺板的回灵图中
却是前有大影，后有半身，半身前设供具与大影相
同，因可推知。

寿星上方立着八仙。最右边的一个是手捧花篮的
韩湘子，旁边的一个紫棠脸、头顶双髻、一部虬髯，
自是汉钟离，上方何仙姑手持笊篱，下方头戴华阳巾
的是吕洞宾，曹国舅紧挨着，脸朝着张果老，拿葫芦
的是铁拐李，持拍板的是蓝采和〔图12-5〕。影亭之侧
各有两个真人扮出来的神仙，亦肉傀儡之属。上方靠
前的一个手里拿笤帚，为拾得〔图12-6-1〕。一个左手
挂拐，右手持葫芦，是拐仙〔图12-6-2〕。下方靠前的
一个，从形象看似是刘海〔图12-6-3〕。后面一个展卷，
当为寒山[1]〔图12-6-4〕。与李瓶儿出殡中的"逍逍遥遥
八洞仙，龟鹤绕定；窈窈窕窕四毛女，虎鹿相随"情
景相似。"寒山两手执卷，拾得一手握帚"，见南宋
僧绍昙《天台三圣图赞》[2]。东京国立博物馆藏元颜辉

---

[1] 这一组合，正是出现在明代戏剧中的"四蓬头"，见吴雪杉
《人人笑我"四蓬头"：明代"四仙"图像研究》，载《故宫学
刊》（第五辑），页422～453，紫禁城出版社二〇〇九年。

[2] 关于寒山拾得的形象演变，见刘涛《金代红绿彩寒山拾得像小
识》，载深圳博物馆等《精彩：金元红绿彩瓷器中的神祇与世
相》，页302～309，文物出版社二〇〇九年。

〔12-5〕
八仙

〔12-6-1〕
拾得

〔12-6-2〕
拐仙

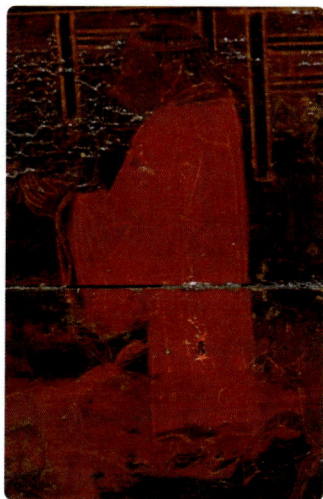

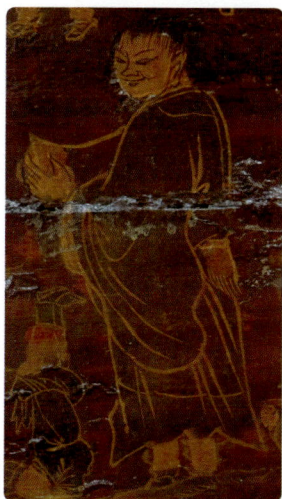

〔12-6-3〕
刘海

〔12-6-4〕
寒山

（传）《拾得图》，所绘便是握帚的形象〔图12-7-1〕。北京石刻博物馆藏明代石雕墓冢的群仙图中，也有持帚的寒山与持书的拾得〔图12-7-2〕。同样的构图也见于东瀛画笔，如日本德川美术馆藏一帧室町时代（一三三六至一五七三）的《寒山拾得图》，为寒山展卷、拾得持帚的对页形式〔图12-7-3〕。日本知恩寺藏颜辉（传）《铁拐仙人像》与对幅《蛤蟆仙人像》〔图12-8〕，后者则即刘海戏蟾，可见此二仙的组合。至明商喜《四仙拱寿图》，则拐仙负葫芦、踏拐杖，刘海驭金蟾，寒山踏帚为舟，拾得持卷，四仙会聚一堂，而以

〔12-7-1〕
元颜辉（传）《拾得图》
东京国立博物馆藏

〔12-7-3〕
贤江祥启（传）《寒山拾得图》
德川美术馆藏

〔12-7-2〕
寒山拾得
明代石雕墓冢

〔12-8〕
颜辉（传）《蛤蟆仙人像》《铁拐仙人像》
日本知恩寺藏

云端驾鹤的寿星点明题旨〔图12-9〕。漆棺画的图像设计既不乏粉本，也可见时代的风气。

出殡图前端下方，一人青衣骑马举着令旗，是走马卖解的一队。衣白者马鞍独立，衣黑者倒立马背，衣红者翻身吊挂在鞍下。李瓶儿出殡所云"卖解犹如鹰鹞，走马好似猿猴。执着一杆明枪，显硃红杆令字蓝旗。竖肩桩，打斤斗，隔肚穿钱，金鸡独立，仙人打过桥，镫里藏身"，此便是了。衣白者，金鸡独立

〔12-9〕
明商喜《四仙拱寿图》
台北故宫博物院藏

也；衣黑者，竖肩桩也；衣红者，则即镫里藏身〔图12-10〕。

后面一队衣黑袍者，当为道士。头前一个击云璈，第二个吹唢呐，第三个吹笙，末后一个击札鼓[1]，又是二人抬着的一面大鼓〔图12-11〕。李瓶儿出殡云"清清秀秀小道童十六众，众众都是霞衣道髻，击坤庭之金，奏八琅之璈，动一派之仙音"，情景似之。

---

[1]《元史》卷七十一《礼乐五》："札鼓，制如杖鼓而小，左持而右击之。"同卷："杖鼓，制以木为匡，细腰，上施五彩绣带，右击以杖，左拍以手。"

〔12-10〕
走马卖解：镫里藏身与竖肩桩

〔12-11〕
道士队

"奏八琅之璈"，此璈，即云璈，已见于永乐宫纯阳殿元代壁画〔图12-12〕。《元史》卷七十一《礼乐五》："云璈，制以铜，为小锣十三，同一木架，下有长柄，左手持，而右手以小槌击之。"又名云锣，见《三才图会·器用》。或称作铮，见明《增补易知杂字全书》。

再后，是四人抬杠的一个亭子，前设香炉一具，两边各一个烛台〔图12-13〕。李瓶儿出殡"香烛亭，供三献之仪"，此即是也。紧接着的是僧人队。"肥肥胖胖大和尚二十四个，个个都是云锦袈裟，排大钹，敲大鼓，转五方之法事"，李瓶儿出殡中的情形也与此大体相合。

大小影亭的后面一辆戏车，车里戏台子上正在搬演悬丝傀儡戏〔图12-14〕。悬丝傀儡，也称提线傀儡或提线木偶。《词话》第五十九回写官哥儿的丧事，道"打发僧人去了，叫了一起提偶的"。又第八十回西门庆死后"首七"，"叫了一起偶戏"，皆指此。戏车后边一个满载伎乐的船车，数人引拽推扶而行，船车上六个伎乐，头前一个和最末一个是女伎，第一人击锣，第二人击鼓，中间三人是表演者，第五人头戴浑裹，乃插科打诨的角色，末一人击钹〔图12-15〕。船车前后五人踩高跷。如此情形又恰便合于李瓶儿出殡中

〔12-12〕
永乐宫纯阳殿元代壁画中的云璈

〔12-13〕
香烛亭

〔12-14〕
悬丝傀儡

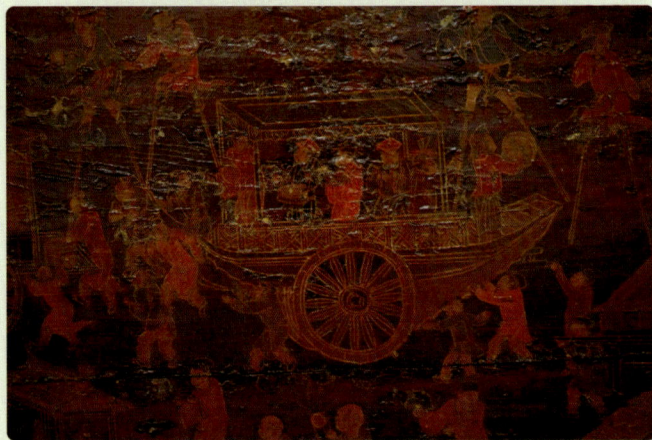

〔12-15〕
采莲船

〔12-16〕
刘海灯与烟火架

的形容："热热闹闹采莲船，撒科打诨；长长大大高
跷汉，贯甲顶盔。"这里的"采莲船"，即指载歌舞伎
乐的船车[1]。

高跷后面一人挑一具花灯，乃刘海灯〔图12-16〕，
属于花灯中的象生人物类。《词话》第十五回详述正
月十五灯市里的各色花灯，"刘海灯，背金蟾，戏吞
至宝"，便是象生人物灯之一。清代花灯仍有这一品
种。顾禄《清嘉录》卷一记正月苏州灯市中的"刘海

[1] 明袁宏道《迎春歌和江进之》"采莲舟上玉作幢，歌童毛女白
双双。梨园旧乐三千部，苏州新谱十三腔。假面胡头跳如虎，
窄衫绣裤搋大鼓。金蟾缠胸神鬼装，白衣合掌观音舞"。

戏蟾、招财进宝"，即此。挑灯人后面一个衣绿者，手擎之物是一个小型的烟火架，各色烟花封置在架子上的一个个小盒子里，按照燃放顺序用药线连接。宋人或称之为"烟火簇"，如詹无咎《鹊桥仙·题烟火簇》"龟儿吐火，鹤儿衔火。药线上、轮儿走火。十胜一斗七星球，一架上、有许多包裹"[1]。《词话》第二十四回写元夕西门庆家放烟火，所云"一丈五高花桩"，则是固定在地上的大型烟火架，行进行列中自然用不得。李瓶儿出殡说到"烟火架迸千枝花炮"，当有夸饰的成分，但可知出殡行列中是有烟火架的，并且必是手擎者。而所谓"起火轩天，中散半空黄雾"中的"起火"，原是烟火之一种，明沈榜《宛署杂记》卷十七记放烟火，道"高起者，曰起火"。

画面中央是四人抬杠的明器，乃好大一所宅院〔图12-17-1〕，略同于"天仓与地库相连"（李瓶儿出殡）。其旁，四人抬着一个置放坛坛罐罐的三层台〔图12-17-2〕，此即"醮厨"，适所谓"掌醮厨，列八珍之罐"（李瓶儿出殡）。总之是象征居所广大，衣食丰足。

至此，为画面之前半段。后半段，是棺枢出场。

头前为鼓乐〔图12-18-1〕。三人负鼓在前，三人击

---

[1] 唐圭璋《全宋词》，页 3415，中华书局一九六五年。

〔12-17-1〕
宅院（明器）

〔12-17-2〕
醢厨（明器）

〔12-18-1〕
鼓乐

〔12-18-2〕
把花与雪柳

鼓在后，乃是搁鼓三面。搁鼓，也作刚鼓。搁，即扛。玄应《一切经音义》卷十一"搁舆"条注引《文字集略》："相对举物曰搁也。"方以智《通雅》卷三十："刚鼓即蘷，谓搁之也。""搁鼓大，使人搁之也。"蘷，即大鼓，搁鼓须扛，以其大也。上方吹笛者一，敲锣者一，击鼓者一。下方背对着画面的一位衣红，头上戴个大笠子，手拿一柄羽扇，和他对面的一位杏黄衣，头戴巾，耸肩举袖，是应和鼓乐而做戏。这一组，当是带有傩戏性质的"地吊锣鼓"（李瓶儿出殡）。两边四对执事分别手举纸扎的花树或雪柳，两两相间〔图12-18-2〕，是所谓"把花与雪柳争辉"（李瓶儿出殡）。

后面二人孝服拄杖，掩面而泣，乃孝眷。其后五人举翣，扛增架的一队紧随在后。两侧各一身立在须弥座上的偶人，上方衣绿者为男，手里捧罐〔图12-19-1〕，下方衣红者为女，手里捧巾〔图12-19-2〕，正是"执罐捧巾，两下侍妾，尽梳妆如活。功布招飐，孝眷声哀"（李瓶儿出殡）。这类偶人可在冥衣铺里定制。《词话》第六十三回："来兴又早冥衣铺里，做了四座堆金沥粉侍奉的捧盆巾盥栉毛女儿。"这里的"毛女儿"，即指出殡行列中执罐捧巾的偶人。

紧接着一个大场面，《词话》中的形容也不妨直接拿来——"金字幡，银字幡，紧护棺舆；白绢伞，绿绢伞，同围增架"，"六十四名青衣白帽，稳稳抬定五老云鹤华盖顶、四垂头流苏带、大红销金宝象花棺罩，里面安着巍巍不动锦绣棺舆"。受限于画面空间，出殡图自难绘出青衣白帽六十四，其他则分毫不爽〔图12-20〕。增架，状似梯[1]〔图12-19-2〕，它的使用，见《词话》第六十五回，道发引之时，"六十四人上杠，有件作一员官立于增架上，敲响板，指拨抬材人上肩"。

棺舆之后，是简笔勾勒的三乘小轿掩映在腾起的烟尘黄雾中，为此幅出殡图之收束。《金瓶梅词话》细

[1] 图中增架的指认，承廉萍博士提示。

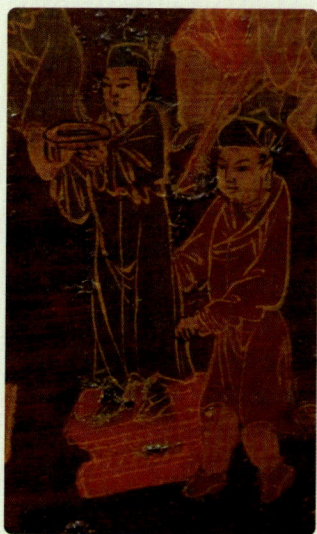

〔12-19-1〕
执罐

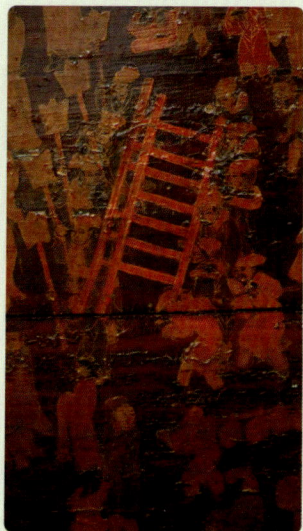

〔12-19-2〕
捧巾

〔12-20〕
棺舆

写李瓶儿出殡，先赞一声"果然好殡"，然后是近乎赋体的一大段韵语，末了又是四句："锣鼓鍪鍪霭路尘，花攒锦簇万人瞻。哀声隐隐棺舆过，此殡诚然压帝京。"漆棺上的出殡图"锣鼓鍪鍪霭路尘"之排场，"花攒锦簇"之风光，也正可当得"果然好殡"之赞。

右侧棺板为回灵图，画面由右向左展开〔图12-21〕。起首城门一座，城门外，一位乘椅轿者补服束带，前有导从，后有执事擎一柄打扇，方由郊外寺院的坟茔送葬归来，正待进城〔图12-22〕。城门内，四顶湘帘低垂的暖轿当是眷属〔图12-23-1〕，乃尾随于大小影亭之后，孝眷二人分别在吊挂半身的小影亭两旁〔图12-23-2、3〕。此大小影亭先已见于出殡图，只是出殡图影亭中的半身像没有画出来，而这里吊挂大影亭中的大影，面相却比出殡图中的年轻。推测两图当非出自一人之手。在漆棺画的修复过程中，了解到它的制作是很匆忙的，如此内容庞大的场面，亦非一人可在短时间内完成。那么漆棺画中两幅容像的面貌不同也就在情理之中。所谓"回灵"，当指神主与真容返回宅邸，安放于室。《词话》第六十五回："后晌回灵，吴月娘坐魂轿，抱神主、魂幡，陈经济扶灵床。"又道当晚西门庆还来李瓶儿房中，"见灵床安在正面，大影挂在旁边，灵床内安着半身"，即此情景。

〔12-21〕

回灵图（棺板右侧）

〔12-22〕

乘椅轿者

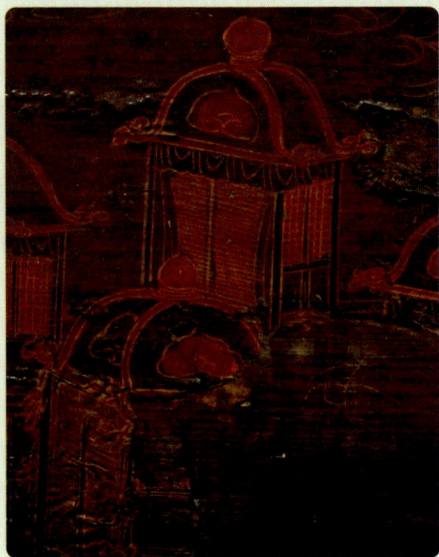

〔12-23-1〕
眷属

〔12-23-2〕
吊挂大影亭

〔12-23-3〕
小影亭

影亭前面，是二人抬的四个小亭子，亭子四下扎缚彩花〔图12-24-1〕。《词话》"六座百花亭，现千团锦绣"，此即是也。又有顶覆绿绢、下垂走水的五个小亭子〔图12-24-2〕，当为绢亭。绢亭前方两列鼓乐。《词话》述回灵情景道："玉色销金走水，四角垂流苏。吊挂大影亭，大绢亭，小绢亭，香烛亭。鼓手细乐，十六众小道童两边吹打。"此景似之 [1]。

鼓乐对着的是一所宅第。中间洞开两扇黑漆门，阶前一人俯身举火，前边一个黑盆，盆边一堆干柴〔图12-25〕。这便是《词话》所云"到家门首，燎火而入"。直到近世，仍有此俗。金受申《老北京的生活》："随丧主回家的人，到大门口全要在水盆里磨一下菜刀，然后进门。也有在门前焚柴草的，取越草避外鬼的意思。" [2]

---

[1] 可与此互证者，尚有朝鲜李朝时代汉语教科书《朴通事谚解》中关于出殡的一段话："仵作家赁魂车、纸车、影亭子、香亭子、诸般彩亭子，花果、酒器、家事，都装在卓儿上抬着。"注云："影亭子，画死者之真容，挂于小腰舆，以为前导。彩亭子，亦以彩绢结作小舆为前导。汉俗皆于白日出殡，凡结饰车舆、幢幡、伞盖及纸造人马为前导者，连亘四五十步。僧尼、道士及鼓乐钟钹填咽大路，远近大小亲邻男女，前后导从不知几人，后施夹障从之。"

[2] 金受申《老北京的生活》，页131，北京出版社一九八九年。

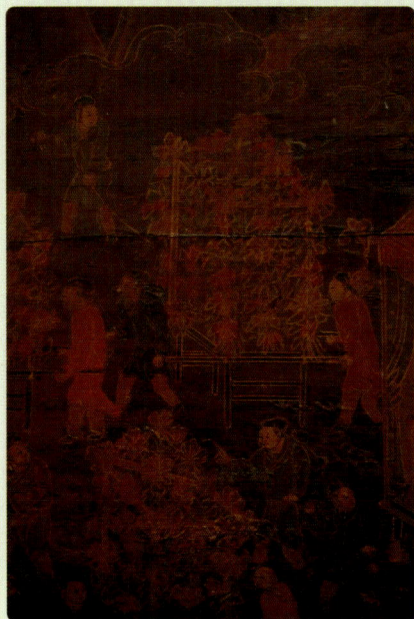

〔12-24-1〕
百花亭

〔12-24-2〕
绢亭

〔12-25〕
燎火

回灵图下方以山石点景，行进其间的一列，为骑马者、乘肩舆者，均有持骨朵肩凉伞的导从或执事，当为送葬的亲朋好友。宅第下方，是一个道别的场景。小童手挽马缰绳，前方衣袍者显见得是方从马上下来，向着对面三人拱手言别。《词话》曰："西门庆还令左右放桌，留乔大户、吴大舅众人坐，众人都不肯，作辞起身。"此景似之。是为回灵图之收束。

漆棺画虽为出殡与回灵两幅，情景各不相同，但两幅有所重合之外，又有着呼应和互补。比如影亭，已见前述。又出殡与回灵俱有的绢亭与百花亭，漆棺画乃安排在回灵图，当是因为出殡图里已经不易容纳。又眷属乘坐的暖轿，在出殡图是掩映在烟尘中，而完整表现于回灵图。再如回灵图下方的骑乘者与乘肩舆者〔图12-26-1〕，在出殡图里乃是步行于棺舆左近，而各有仆从或挽缰牵马或抬着肩舆相跟在后〔图12-26-2〕。

　　考古发现中的明代彩绘漆棺，赵谅墓出土者并不是孤例。与之时代相近者如四川剑阁明兵部尚书赵炳然夫妇墓出土的两具，前后左右以及棺盖均红漆描金，出土时保存尚好。赵炳然的一具棺头描画灵牌，两侧瑞云仙鹤，脚端绘摩尼宝〔图12-27〕。据墓志铭，知时代为万历十二年[1]。然而因为长期陈放在觉苑寺，没有保护措施，已是彩漆褪色，漆皮起甲。赵谅墓漆棺出土后倾注全力的保护与修复工作，因而尤其令人钦敬。今一般认为，《金瓶梅词话》的成书约当明隆庆至万历年间，那么写作时间自当更早一些。所述丧仪与赵谅墓漆棺画的对应近乎丝丝入扣，文字与图像共同完成的风俗故事，自然是可信的。以此为标尺，对于丧仪

---

[1] 四川省博物馆等《明兵部尚书赵炳然夫妇合葬墓》，页34，《文物》一九八二年第二期。按此云赵炳然的一具脚端为灵牌，据考察所见，似非。

〔12-26-1〕
乘肩舆者

〔12-26-2〕
牵马与抬肩舆

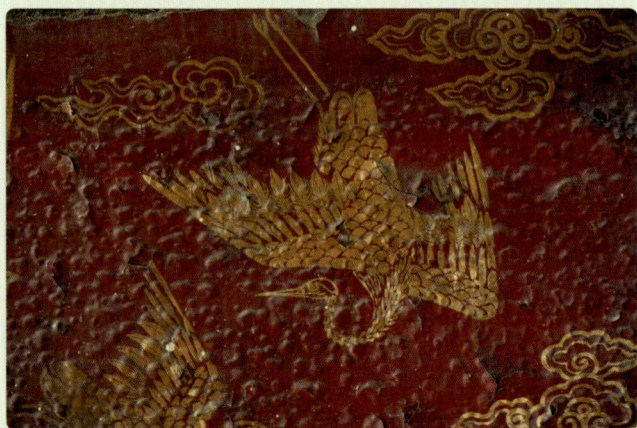

〔12-27〕
漆棺彩绘
明兵部尚书赵炳然墓出土

在后世的沿用与演变，也可以有一个比较清楚的认知。

最后，将前面反复对照的李瓶儿出殡一段完整引录如下（《词话》第六十五回）：

那两边观看的人山人海。那日正值晴明天气，果然好殡。但见：

和风开绮陌，细雨润芳尘。东方晓日初升，北陆残烟乍敛。蓁蓁咙咙，花丧鼓不住声喧；叮叮□□，地吊锣连霄振作。名旌招贴，大书九尺红罗；起火轩天，中散半空黄雾。狰狰狞狞，开路鬼斜担金斧；忽忽洋洋，险道神端秉银戈。逍逍遥遥八洞仙，龟鹤绕定；窈窈窕窕四毛女，虎鹿相随。地吊鬼晃一片锣筛，烟火架迸千枝花炮。热热闹闹采莲船，撒科打诨；长长大大高跷汉，贯甲顶盔。清清秀秀小道童十六众，众众都是霞衣道髻，击坤庭之金，奏八琅之璈，动一派之仙音；肥肥胖胖大和尚二十四个，个个都是云锦袈裟，排大钹，敲大鼓，转五方之法事。一十二座大绢亭，亭亭皆绿舞红飞；二十四座小绢亭，座座尽珠围翠绕。左势下，天仓与地库相连；右势下，金山与银山作队。掌醢厨，列八珍之罐；香烛亭，供三献之仪。六座百花亭，现千团锦绣；一乘引魂轿，扎百结黄丝。这边把花与雪柳争辉，那边宝盖与银幢作队。金字幡，银字幡，紧护棺舆；白绢伞，绿绢伞，同围增架。斧符云气，一边三把，皆彩画鲜明；执罐捧巾，两下侍妾，尽梳妆如活。功布招飐，孝眷声哀。簇捧定五出头六歌郎，仰覆运（莲）须弥座。六十四名青衣白帽，稳稳抬定五老云鹤华盖顶、四垂头流苏带、大红销金宝象花棺罩，里面安着巍巍不动锦绣棺舆。只见那两边打路排军，个个都头戴孝巾，身穿青衲袄，腰系孝带，脚綯腿绷鞟鞋，手执榄杆，前呼后拥。两边走解的，头戴芝麻罗万字头巾，扑匾金环飞于脑后。穿的是两三领纻丝衲袄，腰系紫缠带，足穿鹰爪四缝干黄靴，衬着五彩翻身抢水兽纳纱袜口。卖解犹如鹰鹞，走马好似猿猴。执着一杆明枪，显硃红杆令字蓝旗。竖肩桩，打斤斗，隔肚穿钱，金鸡独立，仙人打过桥，镫里藏身。人人喝采，个个争夸。扶肩挤背，纷纷不辨贤愚，挨睹并观，攘攘那分贵贱。张三蠢胖，只把气吁；李四矮矬，频将脚踮。白头老叟，尽将拐捧挂髭须；绿鬓佳人，也带儿童来看殡。正是：

锣鼓鏊鏊霭路尘，花攒锦簇万人瞻。哀声隐隐棺舆过，此殡诚然压帝京。

后记

　　《金瓶梅》里的金银首饰，可以说是《金瓶梅》研究的小中之小，但它却是我名物研究的入口，当年写给遇安师的第一封信，就是请教关于鬏髻的问题。初衷原是为了写作酝酿中的"万历十六年"，但后来金银首饰本身已经足够吸引我不断追索其中究竟。最终政治史、思想史、经济史，都不是我的兴趣所在，即便物质文化史的分支服饰史，对我来说还是太大。我的关注点差不多集中在物质文化史中的最小单位，即一器一物的发展演变史，而从如此众多的"小史"中一点一点求精细，用不厌其多的例证慢慢丰富发展过程中的细节。

　　作为小说家，沈从文对出现在《金瓶梅》中的服饰自会有特别的敏感，他的《中国古代服饰研究》一书，《明代妇女时装与首饰》以及《明帝后金冠》两节都摘录了《金瓶梅》中的相关描写，只是尚未以此去考证对应的实物，必是为当时的条件所限。孙机《明代的束发冠、鬏髻与头面》一文，是一个开创，我于是继续前行。第一篇文章《明代头面》酝酿于二〇〇二年（刊发转年第四期《中国历史文物》），算来至今已是十五年。十五年来，跑博物馆，参观展览，寻访绘画、雕刻等图像资料，国内国外，经眼与过手的器物不计其数。只是以自己的驽钝，成绩甚微，即便关注多年的《金瓶梅词话》，读"物"所得也不过收在这本书里的小小一束。有不少物事在《奢华之色》第二卷《明代金银首饰》以及《中国古代金银首饰》中都曾涉及，但这一回本意是想结合小说情节换一个角度再度认识，也因此往往彼详此略，以免太多重复。只是自己始终缺乏用文学理论来分析作品的能力，即便个人感受，也很难成为带有理论色彩的表述，"文学"到底未能成为主角。"物色"追踪的究竟是"物"，因它多存写实的成分，故可由此窥见时代风俗，而风俗中种种无关大局的细微末节，最是我的兴奋点。

　　唯一一点稍稍与文学有关的读"物"心得，是我以为《金瓶梅》开启了从来没有过的对日常生活以及生活中诸般微细之物的描写。不知道如此异乎寻常的关注何由发生。在唐诗中有李贺、白居易、李商隐，唐五代词有花间、尊前一派，首领自推温庭筠。白居易平朴，李贺奇幻，李商隐朦胧，温庭筠讲求字面的绮美和灵动，而笔下都有教人常温常新的物色。然而到了《金瓶梅》，此前所有的"美"，差不多都跌到尘埃，这里没有诗意，也没有浪漫，只是平平常常的生活场景，切切实实的功用，成为小说中我最觉有兴味的"物"的叙事。它的文字之妙，即在于止以物事的名称排列出句式，便见出好处。它开启了一种新的，或者说是复活了一种古老的叙事方式，比如《诗·秦风·小戎》"小戎俴收，五楘梁辀。游环胁驱，阴靷鋈续。文茵畅毂，驾我骐駵"，——以"物"叙事，笔墨俭省到无一字可增减，但若解得物色，其中蕴含的丰富即在目前。再看《金瓶梅词话》第九十回，"那来旺儿一面把担儿挑入里边院子里来，打开箱子，用匣儿托出几件首饰来，金银镶嵌不等，打造得十分奇巧。但见：孤雁衔芦，双鱼戏藻。牡丹巧嵌碎寒金，猫眼钗头火焰蜡。也有狮子滚绣球，骆驼献宝。满冠擎出广寒宫，掩鬓凿成桃源境。左右围发，利市相对荔枝丛；前后分心，观音盘膝莲花座。也有寒雀争梅，也有孤鸾戏凤。正是绦环平安珇珊绿，帽顶高嵌佛头青"。——今天看来，真好比是明代首饰的一个小型展销会。而与我们所能见到的实物相对照，这些看似眼花缭乱的描写，辞藻之外，其实夸饰的成分并不多，且几乎都能举出与之对应的实例[1]。而"文"与"物"或"文"与"史"的碰合之下——准确说，是重新聚拢——所照亮的生活场景，竟是细节历历，伸手可及。不过，这恐怕又与文学研究离开的远了。

丁酉伏中

---

[1] 相关考证，见《中国古代金银首饰》卷二，故宫出版社二〇一四年。

增订版后记

    小书于六年前出版，之后虽然把这个题目放下，不过总还觉得它是一部未完成之作，——准备的材料很多，但不少问题尚未思考成熟，因此有待于慢慢补充完善。惭愧的是，几年来略无成绩。去岁有幸受邀两番往首都博物馆观摩完成修复的明赵谅墓出土漆棺，并承蒙漆棺的修复团队提供高清照片。细审之下，不觉李瓶儿出殡的盛大排场蓦然铺展在眼前。遂写就《明赵谅墓出土漆棺画丛考》一文，今便将此篇作为附录二补入。此外，增删修改旧版若干处，于是可以称之为"增订版"了。

    所附《西门庆的书房》一文，说到若把当日文人的意见作为书房之雅的标准，则西门庆的书房便处处应了其标准中的俗。当然这是小说家言，但可以与之互见的更有考古资料显示出来的真实的叙事，即出自上海宝山顾村明朱守城家族墓的文房器具，诸如紫檀笔筒、紫檀拜匣、紫檀嵌银丝螺钿盒、黄花梨嵌玉镇尺、紫檀嵌大理石砚屏等，又嘉定竹刻名家朱小松雕刘阮入天台香筒，此外尚有二十多柄折叠扇，均可称材质佳美，工艺精良，也是时尚中清雅的奢侈品。当年的发掘简报因此认为"从墓主人朱守城出土的随葬品看，他生前是一个爱好艺术的文人雅士"（《上海宝山明朱守城夫妇合葬墓》，《文物》一九九二年第五期）。这一批器具近年便常常出现在以江南文化为主题的展览中，以代表士人风雅。然而朱守城不仅没有功名，而且不属于"文人雅士"。从徐学谟《亡友忠伯朱君墓志铭》中得知，朱守城名铃，忠伯名显卿，字忠伯，是守城之子。朱铃原是"以农起家，颇积高赀"，即家财丰厚的富室（刘芝华《物质与身份：以朱守城墓出土的文房用具为例》，《美术学报》二〇一八年第三期）。那么这批随葬的"好物"，当可视作他凭藉财力追摹风雅的一份纪录。而若用文震亨的《长物志》来衡量，却又多半会被列入俗品。如设有插笔装置的紫檀嵌大理石砚屏，《长物志》卷七"笔屏"条即批评道"笔屏，镶以插笔，亦不雅观"，"有大理旧石，方不盈尺者，置几案间，亦为可厌，竟废此式可也"。又同卷"香筒"条："香筒旧者有李文甫所制，中雕花鸟、竹石，略以古简为贵，若太涉脂粉或雕镂故事人物，便称俗品。"文氏关于雅的种种意见自未必可以成为标准，何况此中本另有怀抱。石守谦曾以文徵明《寒林钟馗》为例，解析明代作为文化精英的士人面对大众文化的包围，如何努力创造他们的精英性，刻意拉大彼与大众间的距离（《雅俗的焦虑：文徵明、钟馗与大众文化》，载《从风格到画意：反思中国美术史》，石头出版公司二〇一〇年）。《长物志》制定的近乎苛刻的风雅标准，在此意义上也可以理解为作者在继续其曾祖的努力。于是回过头再来看西门庆的书房，小说中的虚构与历史中的真实，在相互映衬下竟是分外具体和鲜明。

前不久读到刘紫云《摹物不倦：物象与明清小说日常叙事的展开》（北京大学出版社二〇二三年）一书，这是对小说物象描写的理论探索，《金瓶梅词话》正是研究对象之一，且颇有理论色彩浓厚的精要解析。作者在《结语》中写道："在明清世情小说日常叙事中，精确的物象描写往往超出情节层面的叙事需要而显得过剩，这种过剩的描写一般会被当作琐碎无用的细节。……实际上，无用物象及其琐碎细节的大量涌现，与一个颇富现代意味的创作观念相始终。从世情小说的创作来看，如何表现'物态人情'之'真'，

是营造这种'真实'幻觉的关键。而在营造'物态
人情'的真实幻觉中，无用之物有着十分重要的意
义。……这些静态的、琐碎的物象描写，共同汇聚成
一种冷静的、疏离的语言风格，而正是这种风格蕴
含了明清世情小说日常叙事的重要精神：将物从意义
的重负中解脱出来，让物回归物本身。"十分赞同这
样的意见。而我对《词话》的兴趣，便始终在于贴近
小说作者之意，——"让物回归物本身"，不过是反
向思维，即努力求得作者笔下之物或曰用于营造"真
实"的道具究竟如何面貌。以同时代的图像和物品与
小说互证，适可觇得"物态人情"之"真"，当然也
可以说是明代世俗风物之真。《词话》第七回"薛嫂
儿说娶孟玉楼"，西门庆到杨家来相看，"门前那两
座布架子"，即出现在仇英《清明上河图》的染坊门
前〔插图一〕。同卷也有《词话》中说到官员出行的"双
檐伞"（第四十九回）、手持竹批的喝道者（第三十一回
"藤棍大扇，军牢喝道"）〔插图二〕。《词话》第六十八回曰
玳安"一面牵出大白马来，搭上替子，兜上嚼环，蹦
着马台，望上一骗，打了一鞭"，《清明上河图》中的
官署门前适有马台一对〔插图三〕，中国国家博物馆藏
《南都繁会图》官署前方"北市街"牌楼一侧街衢的
"大小文武官员下马"标志下，一位官员从坐骑上迈

〔插图一〕
染坊・布架子　仇英《清明上河图》局部
辽宁省博物馆藏

〔插图二〕
官员出行　仇英《清明上河图》局部
辽宁省博物馆藏

〔插图三〕
仇英《清明上河图》局部
辽宁省博物馆藏

〔插图四〕
《南都繁会图》局部
中国国家博物馆藏

下的右腿便正踏在马台上面〔插图四〕。第二十七回西门
庆为蔡太师打点寿礼，"寻了两副玉桃杯"，又同一回
里，"那潘金莲放着椅儿不坐，只坐豆青磁凉墩儿"，
都不乏可以对应的明代实物〔插图五、六〕。这一类无须
详考信手可拈的"图解"之例尚有不少，重版之际因
不免动念增补"图解举例"一编。文字、图像与实物
的如此聚合，或可成就一部具象的《金瓶梅词话》，
庶几不负作者"摹物不倦"之用心。但转而念及在
信息空前发达的今天，这一切似乎已经变得很容易，

〔插图五〕
明玉桃杯
中国国家博物馆藏

〔插图六〕
明龙泉窑青釉缠枝花纹绣墩
故宫博物院藏

或许用不了多久即可由人工智能来完成，终究决定
从略。

甲辰三月廿九

图片来源总览

1-1-1 玉梁宝钿带带铐之一　陕西长安南里王村唐窦皦墓出土　陕西省考古研究院藏　自摄

1-1-2 金里玉环　南京江宁将军山明沐启元墓出土　南京市博物总馆藏　自摄

1-2-1 竹笠　山东邹城明鲁荒王墓出土　山东博物馆藏　自摄

1-2-2《蓝桥玉杵记》插图　中国国家图书馆藏万历刊本

1-3《三才图会》中的网巾图

1-4-1 山西右玉宝宁寺明代水陆画　山西博物院藏　自摄

1-4-2《裴淑英断发记》插图　采自马文大等《明清珍本版画资料丛刊·一》（学苑出版社二〇〇三年），页 203

1-5-1 金网巾圈　江苏太仓浮桥浮南大队出土　太仓博物馆藏　自摄

1-5-2 金网巾圈　山东淄博周村汇龙湖明代墓地一号墓出土　采自《中国国家博物馆馆刊》二〇一五年第二期，图八〇

1-5-3 网巾与网巾圈　湖北广济县明张懋夫妇墓出土　采自《张懋夫妇合葬墓》，图版二四：1

1-6-1 金玲珑花头簪　江阴长泾九房巷明夏彝夫妇墓出土　江阴博物馆藏　自摄

1-6-2 金玲珑螭虎簪　无锡明黄应明墓出土　无锡博物院提供

1-7-1 金裹头银簪子　嘉兴明项氏墓出土　嘉兴博物馆藏　自摄

1-7-2 金头莲瓣簪子　湖北蕲春明荆王府墓出土　蕲春县博物馆藏　自摄

2-1-1 金梳背儿　常州万福桥镇澄路出土　常州博物馆藏　自摄

2-1-2 蝶赶花金梳背　常州武进前黄出土　武进博物馆藏　自摄

2-2-1 麻姑献寿金挑心　无锡大墙门出土　南京博物院藏　自摄

2-2-2 银鎏金仙人挑心　常州清潭工地明墓出土　常州博物馆藏　自摄

2-3 吴伟《铁笛图》局部　上海博物馆藏　自摄

2-4 金镶宝珠子耳坠　南京郊区出土　南京市博物总馆藏　自摄

2-5 明人容像局部　采自《故宫博物院藏文物珍品大系·明清肖像画》（上海科学技术出版社等二〇〇八年），图三九

2-6 东宫妃冠服·礼服·皁罗额子　采自《明宫冠服仪仗图》

2-7-1、2 珠子箍上的金花饰　湖北蕲春明都昌王朱载塔夫妇墓出土　湖北省博物馆藏　自摄

2-8 珠子箍　湖北蕲春蕲州镇九龙咀明墓出土　蕲春县博物馆藏　自摄（局部图承馆方提供）

2-9-1 明郝杰夫人吴氏容像局部　蔚县博物馆藏　自摄

2-9-2《归氏四世像》中的郁孺人像局部　常熟碑刻博物馆藏　自摄

2-10 珠子箍　常州武进明王洛家族墓地一号墓出土（王洛妻盛氏物）　武进博物馆藏　自摄

2-11-1 山西平阳稷山马村金墓砖雕　原址保存　自摄

2-11-2 明玲珑卍字青玉牌（玉春胜）　采自中国文物信息咨询中心《中国古代玉器艺术》（人民美术出版社二〇〇三年），图三〇〇

2-12-1 银鎏金蝶赶菊钮扣　北京定陵出土　明十三陵博物馆藏　自摄

2-12-2 金蝶赶菊钮扣　南京中华门外邓府山福清公主墓出土　南京市博物总馆藏　自摄

2-12-3 金蝶赶菊钮扣　南京太平门外板仓徐钦墓出土　南京市博物总馆藏　自摄

2-12-4《三才图会》中的袄子

2-13 珠子箍　常州武进明王洛家族墓地二号墓出土（王昶妻徐氏物）　武进博物馆藏　自摄

3-1-1 金镶无色蓝宝帽顶　湖北钟祥明梁庄王墓出土　湖北省博物馆藏　自摄

3-1-2 金镶蓝宝帽顶　湖北钟祥明梁庄王墓出土　湖北省博物馆藏　自摄

3-2-1 金五梁冠　杭州桃源岭出土　浙江省博物馆藏　自摄

3-2-2 银丝䯼髻　嘉兴王店李家坟明李湘夫妇墓出土　嘉兴博物馆藏　自摄

3-3-1《商辂三元记》插图　明富春堂刊本　采自《古本戏曲丛刊》初集

3-3-2 山西繁峙公主寺明代壁画　自摄

3-4-1 金镶宝花钿　江阴青阳明邹令人墓出土　江阴博物馆藏　自摄

3-4-2 银鎏金翠云钿儿　无锡明华复诚夫妇墓出土　无锡博物院提供

3-4-3 金镶宝牡丹花钿　湖北蕲春明永新王朱厚熿夫妇墓出土　蕲春县博物馆藏　自摄

3-5 明吴江周氏四代家堂像局部　南京博物院藏　自摄

4-1-1《三才图会》中的满冠图

4-1-2 明人容像局部　故宫博物院藏　采自《故宫博物院藏文物珍品大系·明清肖像画》，图四八

4-1-3 孔雀牡丹金分心　广州番禺茅山岗二号墓出土　广州市博物馆藏　自摄

4-1-4 银镀金镶玉满冠　无锡明华复诚夫妇墓出土　无锡博物院提供

4-2 山西大同善化寺三圣殿里金代塑像鬼子母　自摄

4-3 观音满池娇金满冠　四川平武明王玺家族墓地八号墓出土　四川省文物考古研究院　自摄

4-4-1 金镶大珠宝螳螂捕蝉簪　湖北蕲春横车镇周湾明墓出土　蕲春县博物馆藏　自摄

4-4-2 金镶宝螳螂菊花簪　常州丽华新村出土　常州博物馆藏　自摄

4-5-1 银镀金草虫啄针　扬州市郊西湖蜀岗村吕庄明代火金墓出土　扬州博物馆藏　自摄

4-5-2 银镀金草虫啄针　上海卢湾区李惠利中学明墓出土　上海博物馆藏　自摄

4-5-3 草虫簪的插戴　上海卢湾区李惠利中学明墓出土　上海博物馆藏　自摄

4-5-4 银镶宝游鱼撇杖　无锡明黄钺家族墓二号墓出土（黄抃妻范氏物）　无锡博物院藏　自摄

4-6-1 金头莲瓣簪子　无锡明华复诚夫妇墓出土　无锡博物院藏　自摄

4-6-2 一点油镀金银簪　无锡明华复诚夫妇墓出土　无锡博物院藏　自摄

4-7 一点油折梅簪　无锡明黄钺夫妇墓出土（黄钺妻顾氏物）　无锡博物院提供

4-8 磁州窑白地褐花扁壶　采自霍吉淑《大英博物馆藏中国明代陶瓷》（故宫出版社二〇一四年），图 14-3

5-1-1 吴伟《铁笛图》局部　上海博物馆藏　自摄

5-1-2 明佚名《宫装图》局部　辽宁省博物馆藏　自摄

5-1-3 金镶宝鱼篮观音挑心　湖北蕲春明都昌王朱载塔夫妇墓出土　湖北省博物馆藏　自摄

5-2-1 唐寅《李端端图》局部　南京博物院藏　自摄

5-2-2 唐寅《吹箫仕女图》局部　南京博物院藏　自摄

5-2-3 唐寅《仿韩熙载夜宴图》局部　重庆市博物馆藏　自摄

5-3-1 金珠宝围髻　江西南城明益宣王夫妇墓出土　江西省博物馆藏　自摄

5-3-2 珠子缨络围髻　采自北京市昌平区十三陵特区办事处《定陵文物图典》（北京美术摄影出版社二〇〇六年），图二九

5-4-1《明宫冠服仪仗图》中的梅花环（上）与四珠环（下）

5-4-2 金脚四珠环　湖北钟祥明郢靖王夫妇墓出土　钟祥博物馆藏　自摄

5-4-3 金脚四珠环　四川平武苟家坪明土司墓出土　四川博物院藏　自摄

5-4-4《归氏四世像》中的孟孺人像局部　常熟碑刻博物馆藏　自摄

5-5 金丁香　南京中华门外邓府山明王克英妻杨氏墓出土　南京市博物总馆藏　自摄

5-6 金累丝灯笼耳坠　南京鼓楼区出土　南京市博物总馆藏　自摄

6-1 宝宁寺明代水陆画·堕胎产亡局部　山西博物院藏　院方提供

6-2-1 璎珞纹绫汗巾　江阴南门磨盘墩明承天秀墓出土　采自《江阴文物精华》，页213

6-2-2 "福寿"字如意边栏万字白绫汗巾　山东邹城明鲁荒王墓出土　山东博物馆藏　自摄

6-2-3 如意边栏"龟龄鹤算"缠枝花黄绫汗巾　山东邹城明鲁荒王墓出土　山东博物馆藏　自摄

6-3-1 织金绸裙局部　嘉兴王店李家坟明墓出土　嘉兴博物馆藏　自摄

6-3-2 织金妆花缎裙局部　山东博物馆藏　自摄

6-3-3 绸衫局部　嘉兴王店李家坟明墓出土　嘉兴博物馆藏　自摄

6-4-1 金三事　南通明顾养谦夫妇墓出土　南通博物苑藏　自摄

6-4-2 金三事　上海浦东新区明陆深家族墓出土　上海博物馆藏　自摄

6-5 金镶玉佩饰（三事儿玎珰）　苏州博物馆藏　自摄

6-6-1 金镶宝玎珰　湖北蕲春明荆端王次妃刘氏墓出土　湖北省博物馆藏　自摄

6-6-2 金镶玉玎珰　湖北蕲春明荆恭王朱翊钜夫妇墓出土　湖北藩王墓博物馆藏　自摄

6-7-1 鸿雁纹银穿心盒　日本奈良大和文华馆藏　自摄

6-7-2 穿心盒　内蒙古巴林左旗白音敖包乡出土　巴林左旗博物馆藏　自摄

6-7-3 穿心盒　南京西天寺宋墓出土　南京市博物总馆藏　自摄

6-7-4 银錾牡丹双凤穿心盒　扬州市郊西湖蜀岗村明代火金墓出土　扬州博物馆藏　自摄

6-7-5 金穿心盒　湖北蕲春明荆恭王朱翊钜夫妇墓出土　湖北藩王墓博物馆藏　自摄

6-7-6 金穿心盒　湖北蕲春明永新王朱厚熿夫妇墓出土　蕲春县博物馆藏　自摄

7-1 明佚名《汉宫春晓图》局部　辽宁省博物馆藏　自摄

7-2-1 杜甫诗意图青白瓷盘　采自《新安船·白瓷　其他文物》卷，页104，图94，韩国文化财厅、国立海洋遗物展示馆二〇〇六年

7-2-2 鹦鹉衔桃银饰片　湖南攸县凉江乡元代银器窖藏　株洲市博物馆藏　馆方提供

7-2-3 山西洪洞广胜下寺元代壁画《药师经变》局部　美国大都会博物馆展陈　自摄

7-2-4 银鎏金镶玉鹦鹉衔桃嵌宝簪　北京定陵出土　明十三陵博物馆藏　自摄

7-3-1 罗袜　江西德安南宋咸淳十年墓出土　德安博物馆藏　自摄

7-3-2 "罗双双"银鞋杯　浙江衢州南宋史绳祖墓出土　衢州博物馆藏　自摄

7-4-1 画像砖　常州戚家村南朝墓出土　常州博物馆藏　自摄

7-4-2 裹头宫人　山西万荣唐薛儆墓石椁线刻画　采自山西省考古研究所《唐代薛儆墓发掘报告》(科学出版社二〇〇〇年)，图版八二

7-4-3 唐三彩侍女像　西安西郊纺织厂出土　陕西历史博物馆藏　自摄

7-4-4 辽三彩鞋　烟台市博物馆藏　自摄

7-5 彩绣凤头鞋　河北隆化鸽子洞元代窖藏　隆化民族博物馆藏　自摄

7-6-1 四合如意云暗花缎鞋　嘉兴王店李家坟明李湘夫妇墓出土　嘉兴博物馆藏　自摄

7-6-2 绣花缎鞋　江阴博物馆藏　馆方提供

7-6-3 绣花锦鞋　江西南城明益宣王墓出土　江西省博物馆藏　自摄

7-6-4 玉鞋杯　山东邹城中心镇明墓出土　邹城博物馆藏　自摄

8-1-1、2 雕花架子床局部　扬中博物馆藏　馆方提供

8-2-1 黄绿釉拔步床(明器)　山西长治郊区针漳村明墓出土　长治博物馆藏　自摄

8-2-2 拔步床(明器)　上海明潘允徵墓出土　上海博物馆藏　自摄

8-2-3 拔步床(明器)　苏州明王锡爵墓出土　苏州博物馆藏　自摄

8-2-4 明黄花梨拔步床　美国纳尔逊美术馆藏　采自王世襄《明式家具研究·图版卷》(三联书店〔香港〕有限公司一九八九年)，页123，丙19

8-3-1 朱漆木架子罗汉床(凉床，明器)　山东邹城明鲁荒王墓出土　山东博物馆藏　自摄

8-3-2 《月露音》插图　万历四十四年刊本

8-4-1 明黄花梨月洞式门罩架子床　采自《故宫博物院藏文物珍品大系·明

清家具》，图一

8-4-2 黑漆螺钿花蝶纹架子床　故宫博物院藏　采自《故宫博物院明清家具全集·3·床榻》

8-5 明黑漆螺钿拔步床　采自《有邻馆精华》（有邻馆学艺部二〇〇四年），圖一八六

9-1 仇英《清明上河图》局部　辽宁省博物馆藏　自摄

9-2 杜堇《仕女图》局部　上海博物馆藏　自摄

9-3 春盛·黑漆螺钿八方盘图案局部　大英博物馆藏　自摄

9-4-1 永乐款剔红茶花盒　上海闵行区马桥镇明道士顾守清墓出土　上海博物馆藏　自摄

9-4-2 方如椿制东山报捷图黑漆描金竹丝盒　南京博物院藏　自摄

9-4-3 荷亭雅集图描金彩绘竹丝攒盒　安徽博物院藏　自摄

9-5-1 月下抚琴图黑漆螺钿盒　浙江省博物馆藏　自摄

9-5-2 二十四孝图黑漆螺钿盒　浙江省博物馆藏　自摄

9-6、8 仇英《清明上河图》局部　辽宁省博物馆藏　自摄

9-7 紫檀拜匣　上海宝山区明朱守城夫妇墓出土　上海博物馆藏　自摄

10-1-1 明佚名《汉宫春晓图》局部　辽宁省博物馆藏　自摄

10-1-2 明李士达花卉轴局部　嘉兴博物馆藏　自摄

10-2-1 金镶宝飞鱼纹执壶　北京城南明万通墓出土　首都博物馆藏　自摄

10-2-2 金素杏叶壶　北京城南明万贵墓出土　首都博物馆藏　自摄

10-2-3 金素杏叶墩子壶　湖北钟祥明梁庄王墓出土　湖北省博物馆藏　自摄

10-2-4 金镶宝龙纹杏叶壶　美国费城博物馆藏　自摄

10-2-5 珐琅麒麟杏叶壶　大英博物馆藏　自摄

10-3-1 银六棱花鸟壶　北京海淀八里庄明李伟夫妇墓出土　首都博物馆藏　自摄

10-3-2 铜鎏金狮钮盖六棱花鸟壶　首都博物馆藏

10-3-3 狮钮盖金素杏叶壶　湖北蕲春明荆恭王墓出土　蕲春县博物馆藏　自摄

10-4 白玉寿字杏叶壶　北京定陵出土　明十三陵博物馆藏　自摄

10-5-1《增补易知杂字全书》中的碗、盏图

10-5-2《三才图会》中的瓯图

10-6 银锤　湖北蕲春明荆端王次妃刘氏墓出土　湖北省博物馆藏　自摄

10-7-1《三才图会》中的盘盏图

10-7-2 金台盏一副　湖北蕲春明都昌王朱载塔夫妇墓出土　蕲春县博物馆藏　自摄

10-7-3 银盘盏一副　北京石景山区雍王府村出土　首都博物馆藏　自摄

10-8《入跸图》局部　台北故宫博物院藏

10-9 金镶宝桃杯　北京城南明万通墓出土　首都博物馆藏　自摄

10-10-1 金杏叶茶匙　湖北钟祥明梁庄王墓出土　湖北省博物馆藏　自摄

10-10-2 银器　上海闵行区朱行镇明朱恩家族墓出土　上海博物馆藏　自摄

10-10-3 银鎏金杏叶茶匙　北京定陵出土　明十三陵博物馆藏　自摄

10-10-4 银鎏金茶匙　北京定陵出土　明十三陵博物馆藏　自摄

10-11-1 锡杏叶茶壶（明器）　北京定陵出土　明十三陵博物馆藏　自摄

10-11-2 山西汾阳圣母庙明代壁画局部　自摄

10-11-3 银茶壶　北京定陵出土　明十三陵博物馆藏　自摄

10-12-1"陈家茶店"执壶　长沙铜官窑遗址管理处藏　自摄

10-12-2"此是饮瓶不得别用"执壶　长沙博物馆藏　自摄

10-13《朱瞻基行乐图》局部　故宫博物院藏　自摄

10-14 银器　上海闵行区朱行镇明朱恩家族墓出土　上海博物馆藏　自摄

10-15-1 剔犀银里高脚杯　大英博物馆藏　自摄

10-15-2 剔犀银里锺　大英博物馆藏　自摄

10-16 锡提梁壶（水火炉）　四川崇州万家镇明代瓷器窖藏　采自《文物》二〇一一年第七期，页17，图二四、二九：3

10-17-1 螭虎双耳白玉杯　北京城南明万贵墓出土　首都博物馆藏　自摄

10-17-2 明螭虎双耳金杯　常熟博物馆藏　自摄

10-17-3 双螭纹金杯盘一副　南宋播州土司杨价夫妇墓出土　贵州省文物考古研究所藏　自摄

10-18 小金把锺　北京朝阳区三里屯明墓出土　首都博物馆藏　自摄

10-19 银台盘　大英博物馆藏　自摄

10-20-1 暗八仙寿字银镶木锺之一　湖北蕲春明荆藩宗室墓出土　蕲春县博物馆藏　自摄

10-20-2 银镶木锺　采自《常州博物馆五十周年典藏丛书·漆木金银器》（文物出版社二〇〇八年），页44

10-21 金高脚菊花锺　浙江龙游石佛村出土　龙游县博物馆藏　自摄

10-22 银素　湖北蕲春明都昌王朱载塎夫妇墓出土　蕲春县博物馆藏　自摄

10-23 金爵杯　湖北钟祥明梁庄王墓出土　湖北省博物馆藏　自摄

10-24 金爵杯　北京定陵出土　明十三陵博物馆藏　自摄

10-25、26 仇英《清明上河图》局部　辽宁省博物馆藏　自摄

11-1-1 沈周《东庄图·耕息轩》　南京博物院藏　自摄

11-1-2 钱穀《求志园图》局部　故宫博物院藏　自摄

11-1-3 "仇文合璧"《西厢会真记》插图

11-1-4 崇祯本《金瓶梅》第四十七回插图

11-2-1 《徐文长先生批评北西厢记》插图

11-2-2 闽刻《西厢记》插图

11-2-3 《鸳鸯绦》插图

11-3 《艳异编》插图　哈佛燕京图书馆藏明刊本

11-4-1 交椅连脚踏（明器）　山东邹城明鲁荒王墓出土　山东博物馆藏　自摄

11-4-2 明黄花梨圆后背交椅　上海博物馆藏　自摄

11-5 明楠木嵌黄花梨三弯腿供桌　北京法源寺藏　《明式家具研究·图版卷》，页123，乙136

11-6 陶龟雀磬座　陕西汉阳陵陪葬墓园出土　陕西考古研究院藏　自摄

11-7-1 铜烛台　浙江新昌横街原人民商场门口出土　新昌博物馆藏　自摄

11-7-2 铜烛台　四川简阳东溪园艺场元墓出土　自摄（线图采自《文物》一九八七年第二期，页80，图三五：11）

11-7-3 铜烛台　北京庆寿寺海云塔出土　首都博物馆藏　自摄

12-1 漆棺·出殡图（棺板左侧）　北京明赵谅墓出土　首都博物馆藏（以下赵谅墓漆棺画，图12-21为馆方提供，馀为自摄）

12-3 《三才图会》中的方相图

12-7-1 元颜辉（传）《拾得图》　采自《海外藏中国历代名画·四》（湖南美术出版社一九九八年），图七九

12-7-2 寒山拾得　明代石雕墓冢　北京石刻博物馆藏　自摄

12-7-3 贤江祥启（传）《寒山拾得图》，采自《名品图录》（德川美术馆一九八七年），图十一

12-8 颜辉（传）《铁拐仙人像》《蛤蟆仙人像》　日本知恩寺藏　采自《海外藏中国历代名画·四》，图七六、七七

12-9 明商喜《四仙拱寿图》　采自《长生的世界：道教绘画特展》（台北故宫博物院一九九六年），页62

12-12 永乐宫纯阳殿元代壁画中的云璈　自摄

12-27 漆棺彩绘　明兵部尚书赵炳然墓出土　自摄

插图一、二、三　仇英《清明上河图》局部　辽宁省博物馆藏　自摄

插图四　《南都繁会图》局部　中国国家博物馆藏　自摄

插图五　明玉桃杯　中国国家博物馆藏　自摄

插图六　明龙泉窑青釉缠枝花纹绣墩　故宫博物院藏　自摄